沖田臥竜

ブラザーズ

角川春樹事務所

ブラザーズ

装画　南　勝久
装幀　鈴木大輔
（ソウルデザイン）

1

【事故落ち】

事故落ちとは懲役用語の一つで、所内の規律違反を起こし、懲罰として座らせられることを意味する。懲罰を受けることを受刑者である懲役たちは、罰に座るなどと呼び、最長で六〇日間、隔離された三畳一間の独居房で、安座、もしくは正座で朝の起床から仮就寝の午後六時まで、ただただ座り続ける。懲罰の執行中は刑務作業はもちろん、読書や書き物も禁じられ、人と対話することもなく延々と無言劇を演じることとなる。但し正月三ヶ日の三日間だけは、懲罰の執行が一時的に停止される——。

いつの間にか前科も八つとなっていた。萩原紅は額の汗を拭いながら、広々とした洋裁工場を見渡していた。

大阪刑務所の26工場には、ミシンのダダダダダダッっという音だけが響いている。

洋裁工場の花形と言えば、裁断と呼ばれる立ち役（指導補助の役割を担う立ち仕事）で、懲役たちがミシンを踏んで縫い合わす材料を切る作業となる。

現役のヤクザが、刑務所の規律上、立ち役を務めることの出来ない中で、唯一就くことのできるのが、裁断と呼ばれるポジションだった。

萩原は、帽子に赤線を巻いた計算工、シナモン屋（薬物の売人）が持ってきた来月の献立表を作業台の上に広げ、穴があくほど、凝視していた。

隅から隅まで何度見渡しても、朝食のパン食にパックのコーヒーがつけられる回数は先月よりも少ない、三回しかなかった。

「おい斉藤、なんで今月はコーヒーが三回しかないねん？」

作業台で馬鹿正直に寸法をとっている斉藤を見た。

「あれちゃうんでっか～。盆休みにわらび餅やらを出さなならんから、懲役の食生活を牛耳る用度課が、また節約してんのちゃいまんのっ」

斉藤の言うように盆休みは、目前に迫っていた。

盆休みの一三日、一四日、一五日の三日間は、小学生の子供会で配られるような甘シャリ（おかずなども含めた甘い味つけの食べ物）が一日ひとつ、祝日祭として懲役たちに支給される。

シャバでは小学生の子供たちですら喜ばないお菓子を、甘シャリに飢えた懲役たちは皆、心待ちにしているのだ。

萩原は献立表を作業台の上に放り投げると、今回で四度目の懲役となる斉藤を睨みつけた。

「お前、去年も一昨年も似たようなこと言うて、オレをがっかりさせんかったか。四年前オレが大刑きたときに、お前なに言うた？　大刑の正月は宜しいで〜とか、抜かして、なんやあのざま。二九日は黒飴ひとふくろ、三〇日はかっぱえびせんの小。大晦日はどん兵衛のそばのみ。元旦が柏餅で二日が板チョコ、三日なんて炊場が作った栗きんとんやぞ。オレの懲役史上、ぶっちぎりで悪かったやんけっ！　あのときも、オレにお前は、もうじき薄型テレビなるから用度課が節約してるらしいですわっ、とか正月明けに言い訳しとったの〜。あんまり適当なことを抜かしとったら、工場から放り出してまうぞっ」

斉藤は一八〇センチを超える細身の体躯を折り曲げて、布の生地に一メートルの定規をあてると、鉛筆で線を引っ張り、ため息を漏らした。

「もうそんなんワシに言われても知りまへんやん。兄貴、天空の赤いバラが、コーヒーが先月より一回少ないくらいで、ムキになってたら笑われまっせ〜っ」

「お前はアホか。そんなもんどうでもええんじゃっ。直ぐに所長面接つけて、あんまりアコギな運営しとったら、名古屋の官舎みたいに弾いてまうどゆうてきたらんかいっ」

「脅迫で事件送致されてまいますやん」

裁断工は二人。作業中に会話するには、担当に口談許可を願い出て、許可されてからでなければ話すことができないのだが、裁断工だけは作業中の口談が認められていた。

「知るかそんなもん。そんなんワシにゆうても知りませんやん、て、やっぱりお前何も知らんのやんけっ！　知らんのやったら、初めっから期待させるようなことを抜かすな！　だいたいお前はいつもいつもなーっ」

斉藤の視線が布生地から担当台へと向けられ、不細工な細い目を見開き「あっ！」と声を上げる。

「お前は人の話を聞きもしくさらんと、どこ見とんねん！」と言いつつも、斉藤につられて萩原も担当台を振り返った。

「新入一名！」

若い刑務官の声が工場中に響き渡った。いかにも詐欺師を絵に描いたような胡散臭い男が、教科書通りの行進をしながら工場に入ってくると、担当台の横で帽子を脱ぎ声を張り上げた。

「六六九番！　東和義ですっ！　宜しくお願い致しますっ！」

シャバでは世間を騒がし、「刑務所なんて怖くないっ！」と豪語し、海外に逃亡していた東がチワワのような目で工場担当の水澤に早速、媚を売っていた。

「よう〜っし！　そこに座って受刑者の作業心得を読んどくように」

水澤の気合いの入った声に東は「はいっ！！！」と声を張り上げると、担当台の横の長テーブルに素早い動作でつき、作業心得を読み始めた。

間違いない。シャバにいる秀吉が言っていた東だ。

萩原は視線を工場の至るところに放った。

工場の主だった懲役たちが萩原を見て、萩原からの合図を待っていた。

萩原は口元に笑みを浮かべると、一呼吸置いて頷いてみせた。

その瞬間、至るところで一斉に手が挙げられた。

「ようけんっ！」

「班長と口談、お願いしますっ！」

「よおしっ！　ようけんっ！」

「作業指導、お願いしますっ！」

「よおしっ！　ようけんっ！」

「担当台、お願いしますっ！」

「よおしっ！　ようけんっ！」

「東、しばきま〜っす！」

「よお〜っ——こら！　お前、いまなに言うたっ！」

水澤が担当台からズッコケそうになりながら聞き返したときには、中で舎弟の縁を与えた橋爪が、担当台の横で背筋を伸ばして作業心得を読んでいる東に殴りかかっていた。

「こら！　東、そんなん読んでも無駄じゃっ、ぼけっ！　シャバで舐めたことさらしといて、楽に懲役で暮らせるおもとったら大間違いやど、このクソ汚れがっ！」

橋爪の右拳が東の鼻っ面にめり込み、勢いよく鼻血が弧を描くように舞い上がったかと思うと、よほど懲役の垢が染みついた作業心得が気に入ったのだろうか、作業心得を手に持った姿勢のままで、パイプ椅子ごと吹き飛んだ。橋爪は素早い動きで東に馬乗りになると、顔面めがけて左右の拳を下ろし続ける。懲役のケンカは一分間が勝負だ。

「くうらっ！　何しとんじゃっ！」

水澤が怒鳴りながら、担当台の横にある非常ベルのボタンを押す。26工場に非常ベルが鳴り響く。

「二発、三発、あっ、外れた。四、五、六、七、八発っ！　よっしゃ、行ったたっ！」

数を数えていた斉藤が喝采の声を上げる。

「刑務所の中に来たから言うて、逃げれる思っとったら大間違いやどっ！　とことんイジメぬいたるからのっ。覚悟しとけよこらっ！」

亀のようにうずくまっている東に向かって橋爪が、ぺっとツバを吐き捨てると、警備隊がものすごい勢いで26工場に続々と乱入してきた。あっという間に橋爪はドンゴロスと呼ばれる麻袋を頭から被せられると、踏んだり蹴ったりされながら、警備隊に工場から攫うように連れ去られていってしまう。

「警備隊も相変わらずむちゃくちゃしよんの〜」

他人事のように萩原が呟けば、斉藤が呆れた声を上げる。

「よう言いまんな〜。自分でタマを飛ばしたクセして〜」

鼻から血を流し顔の形を変えながら、今来たばかりの道を東が回れ右して警備隊員に抱えられ、ゆっくりと連行されていく。その東の哀れな姿に至るところで失笑が起きた。

「だれじゃっ！　笑ってんのはっ！　お前ら黙って黙想せんかいっ！」

水澤の怒声が工場中に響き渡り、失笑がピタリと鳴り止んだ。

　橋爪には昨日の運動時間に言い聞かせていた。

「ええかヅメ、明日、新入で十中八九、東、いうのが配役してきよる。技官の木林に裏から手回しとるから、おっさんもまず間違いなくとりよるやろ。座った瞬間や。周りが一斉に挙手し出したら、お前も挙手して、東しばきま〜すっ！　言うて恥かかせてから、必ず顔面、八発はどつけっ！　顔面やどっ！　ウチの入門試験や思って、血を撒き散らしたれ」

「分かりました！」

萩原は頷くと、周りで取り囲むヤツらを見た。

八〇人近くいる26工場の懲役の半分は、萩原の舎弟か若い衆になっており、残りの半分の懲役たちも、集会などのホヤキ（お菓子）を上納することで、平穏な工場での受刑生活が保証されていた。

シャバの秀吉の面会は、一週間前のことだった。

芸能人や企業の裏側を暴露してシャバでやりたい放題した東和義という男が、社会現象を巻き起こし、名誉毀損で逮捕されていた。

東がインターネットを使い誹謗中傷した会社の社長の中には、萩原が所属する天空会が初代のときから付き合いしている先もあったのだ。その暴露のせいで、ネットに書き込みが殺到し、会社は倒産。社長は小さな子供二人を残して、首をくくることになった。

秀吉ら二代目天空会の組員らが、東のガラ（身柄）をサツよりも先に押さえようとしたときには、危険を察知した東にサツへと飛び込まれてしまったのだった。

それが半年前のこと。

判決が言い渡された東は分類審査を受けた結果、運悪く萩原が務める大阪刑務所に送られてきたのである。

「刑務所の中やからって安全やと思ったら大間違いじゃカスがっ。おい、斉藤、もう一番槍（やり）はついた。他の工場にも洗濯（受刑者に洗濯物を配る工場）使って、鳩（はと）飛ばせ。天空の赤いバラが、東和義ゆうボンクラが配役されてきたら、どの工場に配役されてきても、どつきまわして放り出してほしいって言うとると伝えとけ」

たまにシャバで好き放題やったバカが、刑務所の中は安全だと誤解していることがあるが、それは大きな誤りである。

高い壁に遮られた刑務所の中には、シャバの光などは差し込まない。それは逆に言えば、中で何が起きても社会には漏れないということだ。

つまり、シャバで許されないことをした人間には、刑期以上の地獄が待っていることを意味する。

全（すべ）ては高い塀のこちら側。決してシャバまで届くことはない。

「顔面から鼻血やから、三〇日は座るやろな～」

斉藤は本当にバカではないか。あそこまでどつき回しているのだ。鼻の骨だって折れているかもしれない。そうなれば事件送致になるだろう。罰に三〇日座ったくらいで済むはずがないではないかと呆れていると、鬼の形相をした正担当の水澤がギロリとした視線を萩原に向けていたので、ニヤリと笑い、担当台に背を向け、萩原はまた裁断台に放りなげていた献立表を引っ張り寄せた。

「やっぱり、今月はコーヒー三回しかないの〜」

ここは社会から一線を画したシャバとは別世界の刑務所の中だ。

ある者には絶望の淵にも感じられるかもしれないが、萩原にとっては、シャバも懲役も人生の一部に過ぎなかった。

2

フロントガラスに突き刺すような熱い陽射しが、容赦なく浴びせられている。助手席の窓を少し下げると、車内に熱気が噴き込んできた。

「懲役はこのクソ暑い中でもクーラーもないから、たまらんやろな〜」

と言いながら、電子タバコを咥えた。ここ数日は晴れ間が続いている。もう梅雨が明けてもおかしくないはずだ。懲役にとっては、ここからの三ヶ月は茹だるような暑さに心身共に焼き尽くされる。

一〇月に入り一ヶ月ほど焼け尽くされた身体を休めると、今度は極寒が到来してくるのである。

萩原は夏の暑さよりも、一歩間違えば、遭難するのではないかと錯覚する冬の寒さの方が身体に堪えた。

運転席のドアが開けられる。

「なんやこれ、外めちゃめちゃ暑いがな。今日は特に暑いな。今、部屋住みのツネが言うてたけど、兄貴、梅雨明けしたらしいで〜。あっ、それと大刑のときに兄貴がタマ飛ばしまくった汚れ、おったやろう。東とかゆうの〜。あれこの前、出所して、そのまま門前で、シャバの土踏んだ瞬間にガラ攫われて、行方不明なったらしいで〜」

暑い、暑いと言いながら、どうでも良いような口調で秀吉が淡々と告げる。東……橋爪に鼻から血が吹き上がるまでどつき上げさせ、そのあとも、各工場に鳩を飛ばしたので、工場に配役された瞬間に、タマと呼ばれる懲役が襲いかかり、最終的に東は作業拒否を繰り返して、出所まで罰に座りながら、独居生活を余儀なくされていた。

不良の世界には不良の世界のルールがあり、その一線を越えれば、中でも外でも容赦はない。時代が変わっても、やって良いこととやってはいけないことがあるのだ。東はネット社会に汚染されてその境界線を越えてしまい、四方八方から怒りを独り占めしてしまったということだ。

秀吉がシートベルトをはめると、二代目天空会本部事務所前に停車していた白塗りのレクサスLS460をスタートさせる。

「東……？　誰や、それ。記憶にもないわ。で、おっさんなんてゆうとってん〜？」

「ワシが呼んだら組長室までちゃんと上がってきて挨拶せんかって、兄貴にも言うとけって言うとったわ〜」

ハンドルを握る秀吉が、顔をニヤつかせる。

「いちいちやかましいやつやの〜。オノレこそオレが来とんねんから、下まで降りてきてご機嫌でも窺ったれ言うんじゃ。事務所の前まで来てもらえるだけでも有難い思わんかい。先代の親分はそんな細かいこと一切、オレには言わなんだのにのぉ、秀吉〜」

走り出したレクサスがスピードを上げる。

「確かに。親分は兄貴のことを可愛がってはったもんな。でも、お前には生きにくい時代になっとるぞって、兄貴が懲役に行く前にようゆうとったやん」

実際ヤクザに生きにくいも何もない。暴力を真髄とするヤクザが生きやすい時代になれば、それこそカタギはたまったもんじゃないだろう。

「で、なんてや？」

運転席の秀吉の横顔を見た。わざわざ島村が萩原を呼ぶぐらいだ。どうせろくでもないことがあったはずだ。

「最近、阪尼のコンビニのセブ（セブン-イレブン）に若いチビらがたまっとるの、兄貴も知っとるやろう。昨日の夜にツネ連れて、夜のウォーキングしとったら、そのチビらにおっさんが絡まれて文句言われたらしいわ〜」

秀吉がハンドルを右に切り、国道2号線に入る。フロントガラス越しに見る風景は、むっとしたもやがかかっており、焼け焦がれたアスファルトからは、湯気のようなものが立ち昇っているように見える。

「ほう～最近のチビらは逞しいの～。Z世代万歳やないかいっ。オレもチビらみたいな今時のああいう服、着たいの～」

「オレ買わへんで。自分でこうてや。すぐ兄貴は人が着てる服とかカバンとか欲しがんねんから」

「お前もちょっと、ガミガミ言うようなったんちゃうんかいっ。で、なんやねん。そのチビらに、おっさん、しばかれでもしたんか」

運転席のパワーウインドウを少しだけ下げ、秀吉も電子タバコを吸い始める。

「兄貴、さすがにそれされとったら、もっと大事なっとるで。内心くそざまあやけどな。メシうまやし」

「確かに想像するだけで、メシも酒も美味なりそうやの～」

「絡んできたチビらに、ツネが、『こらっ、この人だれや思てんねん、二代目天空会の会長やぞっ！』てカマシいれたらしいわ。ほんならチビらの中に混じってた四〇過ぎくらいの兄ちゃんが、『そうでんの、ワシ、フダはかかってませんけど、三宅組の若頭の松山の兄貴の舎弟で、尼しめてる尾崎言いまんねん』って仁義切ってきたらしいで。どう、兄貴、ちょっとイラッとしたやろう？」

三宅組とは、日本最大組織大川連合の枝組織で、本部は西淀川区にある三〇〇人くらいの武闘派と呼ばれる組織だ。最近、三宅組を名乗るヤツらが尼崎に出没していることは、萩原も聞いていた。

「フダかかってないけど、松山の舎弟って、長い肩書きやの～。そんなもん、ただのカタギやんけ。

あ～あ、オレもチビら集めて、サツには、カタギや言うて、ヤクザが出てきたら代紋出すような器用な生き方がしたいの～。

それで、なんや、虎の威を借るキツネが尼崎市民をしめてるとか言うてるから、役所でも行って苦情、言うてこい言うとんかっ」

二代目天空会は尼崎に本拠地を置く、組員一〇人の一本独鈷の独立組織だった。二代目を継いだ島村はとにかく揉め事が大嫌いな、ずる賢い男だった。その男が自分と秀吉をわざわざ本部に呼ぶこと自体、珍しいことだった。

「その尾崎ゆうのが、一悶着あったあとに、おっさんのメンタ二号（愛人）が働いてるキャバクラあるやろう。あそこでええ感じにふかしまくってくれたらしいわ。『天空の会長を今、踏んづけてきたった』って。それをメンタ二号が、おっさんにこんなこと言うてたけど、大丈夫なん？　てLINEしてきたらしいで」

白塗りのレクサスが、チェーン店の定食屋の駐車場に入った。

「あのメスブタ、ケツかくのだけはうまいの。そもそも還暦前のおっさんがハタチそこそこのメスブタとＬＩＮＥすんなちゅうねん、気持ち悪い。で、オレらの登場ってか。しょうもな」

「そう、天空のヒットマンブラザーズの出番らしいわ。ただ――」

秀吉がバックにレバーをいれ、レクサスを駐車場に停車させるとエンジンを切った。

「ただ、なんや？」

「兄貴に道具は使うな、オレのヌンチャクだけにしとけっ、ゆうといてくれ、ゆうてたで」

助手席を開けながら、ため息をついた。容赦ない陽射しが身体に突き刺すように纏わりついてくる。

「あのアホはオレがいくらすごいから言うて、覇気でも修得してると思てんのか。たった二人で行ってヌンチャクだけで勝てるかい。あ～あ、刑務所の中やったら、舎弟や若い衆が一〇〇人はいてんのにの～」

と言うと、むせかえるほどの暑さの中、チェーン店の定食屋のガラス扉を押しながら、懲役の茹だるような夏を思い出していた。

3

【せんべい布団】

せんべい布団とは、使いに使い尽くされた布団の綿がぺっちゃんこになり、せんべいのようにペラペラの状態になったもののこと。月に一度、布団を干してもらえる日があり、半日間、日光を浴びると、短期間だけぺちゃんこになった綿が甦り、ふかふかになって舎房にかえってくる。二、三日の束の間で元のせんべい布団に戻ってしまうのだが、懲役たちはしばしふかふかな布団の余韻を感じることができる——。

茹だるような夏の暑さは陽が落ちても、とどまるところを知らず、刑務所の舎房を容赦なく焼き尽くしていた。

焼けるような暑さの中、萩原は支給されたうちわをパタパタと扇いでいた。あまり激しく扇ぎすぎると、うちわから吐き出される熱風よりも、身体を動かすことにより沸き上がる暑さの方が上回ってしまう。

「兄貴～。盆休みの八名決まりましたんか～っ？」

二段ベッドの下から、水分を全く感じさせない干からびた斉藤の声が、懲役の怨念を象徴するかのように迫り上がってくる。

シャバの人間が「二段ベッド」と聞けば、懲役のクセに洒落たものを使いやがって！ と眉間に皺を寄せるかも知れないが、その心配は無用だった。

どこの刑務所もシャバが犯罪で賑わっているせいか、収容人数が一二〇パーセントオーバーとなってしまっており、官（刑務官）側の苦肉の策で、三畳一間の独房に極端に脚の長いパイプベッドを投入。空いた空間にもう一人を詰め込むことで、「二名独居」を開発することに成功したのである。

「おちょくってんのかっ！」と懲役に暴動でも起こされると厄介なので、二名独居には扇風機が設置され、夏季処遇の期間は、二一時の就寝になると起床の三〇分前まで、扇風機が首を振り続け、生暖かい風をぼんやりと撒き散らしてくれる。

「おう〜っ、だいたいはな。オレ、お前やろう。それから、カン、静本（しずもと）、のり、タケル、勝男（かつお）、アツでええんちゃうかい〜っ」

八月一三日から一五日までは塀の中も盆休みに入り、今年はそこに矯正処遇日と免業日が重なり、六日間の休みとなった。

その期間、工場に出ることはなく、舎房に閉じ込められたままとなるのだが、そこでケンカや所内の規律を破ると、調査という名の取り調べとなり、独居房に送られることになる。

そうしたアクシデントに備えて、各工場が持っている夜間独居を盆休み期間や正月休みといった大型連休中は、空けておかなくてはならない。

「萩原、ええかっ。盆休みの間は八人雑居にお前が選んだもんらと入れたるから、くれぐれも誰かが事故落ちするようなことだけは、企まんとってくれよっ！」

一昨日の作業中、担当台に呼ばれ、正担当の水澤は嘆願に似た表情を作った。

「何ゆうてんねん、オヤジ。オレがそんなことするわけないがな。みんなで力合わせてオヤジのために無事故記録を狙（ねら）っとんねんで。この調子でいけば、秋の慰問の鳥羽一郎の『兄弟船』は、一番前で聴けるはずや」

水澤は胡散臭い表情で萩原を見た。今年の正月休みのことを思い出しているのだろう。シャバで出来の悪いことをした懲役が、年末に26工場へと配役されてきたので、そいつと同じ房になる舎弟らを萩原は運動時間に集めたのだった。

「ええかっ、お前ら。今日来た新入は、YouTubeかなんか使って、かなり出来の悪いことしてきとんのはお前らも知っとんな。工場から放り出すのもタマ飛ばすのも簡単や。でもそれじゃ生温(なまぬる)い。正月休みは甘シャリやお節はおろか、三が日は出る銀シャリも麦飯も一粒も食わすな」

シャリ上げを命じたのだ。シャリ上げとは、タダでさえ貧相な刑務所の中での粗食を、綺麗(きれい)に取り上げてしまうことだ。

「水だけ飲ませとけ。シャバでどうしようもないことしてきたヤツには、刑務所来たらどうなるかネチネチと教えたれ。それで正月休み最後の日に死ぬほどカマシ入れて、ドア蹴って放り出せ」

物事は予定通りに進んだのだが、ゴミのような人間は中でも外でも変わることがない。舎房のドアを蹴って事故落ちすると、取り調べで、同じ雑居の懲役からシャリ上げされていたことを全て、官にチンコロ（告げ口）し、正月休み明け一発目の作業日に、その房の全員が上げられ（連行され）て、事故落ちすることになり、その雑居房は解体されることになったのだった。

官側も首謀者が萩原だということは気づいていたが、誰もそれを取り調べでチンコロすることはなく、それぞれが懲罰が明けると別の工場に配役されることになった。

刑務所では、こうしたことを「房をパンクさせる」というのだが、一気に八名の事故落ちを出せば、作業成績も悪くなり、三月の慰問は、最後尾で聴かされることになってしまった。

そのことを思い出して、正担当の水澤は胡散臭い顔を萩原に向けているに違いない。

だが幸い、今のところ工場から放り出す予定の者はいなかった。


「ちょっと待ってや、兄貴、ワシもでっか」

斉藤がパイプベッドの下から慌てて、身を起こしてきた。

「当たり前やんけっ、盆休みは広々とした雑居房でカンらにシケハリ（見張り役）させながら、懲役で疲れたオレの身体を癒(いや)すために、お前にはアンマするという大事な任務があるやないか。コーヒーも八本飲めるし、カフェインで効き目なってまうの～」

「ちょっと待っとくんなはれ。ワシ、去年も一昨年も兄貴にシャリ上げされてまんねんで。今年は三年ぶりにわらび餅は食わせてくんなはれっ！」

卑しいヤツである。一年に一回、盆休みに出るわらび餅を食べたいが為(ため)だけに、身体まで起こしてくるのだ。どれだけ卑しいヤツなのだ。

「そんなもん、シャバでたら死ぬほど食うたらんかいっ。なんやったら、ワシがコンビニで好きなだけ食わしたるやんけっ」

「そんなもん、まだまだ先の話でんがな。そもそも兄貴、ヤクザがシャリ上げしてたら恥ずかしいんちゃいまんのっ？　甘シャリが出たら担当にばれんように、どれだけ食いたくても、ほれっお前らいかんかいって言うて食わせんのが、ヤクザの務め方でっせ」

「アホか。オレをそのへんの既存のヤクザと一緒にすんな。恥もクソもあるかいっ。塀の中も外も弱肉強食じゃ。今年もきちっと盆の付き合いせえよ」

「盆の付き合いがわらび餅を取り上げるって、聞いたことありまへんで〜」

斉藤の往生した声と入れ違うように、視察口から少し咎めるような声が茹だる舎房に飛び込んできた。

「縦枕あかんど〜っ」

刑務所の中では枕を縦にして使用することは禁止されていた。寒い日に布団に潜って寝ることも禁じられている。

「なんてっ」

一瞬、注意されたことにムッとした萩原は腰を起こして、視察口を振り返った。

「なんて、ちゃうやろう」

黒縁メガネをかけた巨漢の技官、木林だった。

「なんや、先生かいっ。びっくりするがな。縦枕ぐらいで、まだオレに注意できる骨のある刑務官がいてんのかって、びっくりしたがな。それにしても先生~似合わんの、その制服~。今日は泊まりかいっ」

技官といえども刑務官なので、月に一度は刑務官の制服を着て、夜勤の任務に就くのだった。

「そうや~泊まりや」

萩原はベッドから下に降りて、食器口の前であぐらをかくと、木林も食器口の向こうで腰を下ろす。

「で、どうや、ヅメは？　工場に配役されたんかいっ？」

身体を賭けさせた橋爪は、幸いにも事件送致されることなく、解罰後は、工場に配役されずに処遇上となり、独居拘禁を余儀なくさせられていた。

「あぁ、一昨日、ようやく、11工場に配役されたぞ。印刷や」

「印刷かいっ、良かったやんけ。印刷やったら冷暖房がついとるからな~」

「お前な、ええ加減にしてくれよ。お前が、新入で今センターにおる東はミシンが上手いから引っ張ってくれいうから引っ張ったら、いきなりタマ飛ばすって、めちゃくちゃやないか~」

「先生もしつこいの~。なんべんもいうとるやんけっ。オレは知らんて。なんぞ、シャバでヅメとあったんちゃうかいっ。で、東のアホはどうや～？」

木林がため息をついた。

「お前がいろんな工場に鳩飛ばして、配役するたんびに懲役にどつかれるから、ずっと作業拒否して、昨日、タオルで首を括ろうとしてるところをたまたま、八角先生に見つかって、そのまま死んだ方がマシなくらいしばきあげられて、今はカメラ付きで二四時間見張り付きの二種独居に吸い込まれとんぞっ」

萩原は横で寝そべっている斉藤に視線をやった。斉藤が俊敏に腰をあげる。

「恩赦でっか～」

「おうっ！　三年ぶりのわらび餅、じっくり堪能せえよっ」

「よっしゃ、きたっ！」

「おいおい、お前ら静かにせえって。それと頼むからワシを巻き込んでくれんなっ」

「先生、心配すんな！　もう立派に先生も共犯じゃ！」

よりによって、官で一番力を持っていて、曲がったことが大嫌いな八角に見つかるとは、東もついていない。

「なんでワシが共犯やねん～。退職金飛んだら、嫁さんに離婚されてまうがな～」

という声を聞きながら、萩原は懲役の面白さを、茹だるような暑さの中で感じていた。

4

シートベルトを閉めると、窮屈な車内がより圧迫感を増した。

「もっと他に車なかったんかいっ。これやったらまだトラックかダンプの方がマシやんけっ」

助手席のシートを後ろいっぱいまで引きながら、発泡酒の缶のプルタブを引っ張った。

「この型落ちのプリウスしかないらしいわ。これやったら多少、ぶつけてもええらしいで。て言うか、兄貴、もう五本目ちゃうん？　今から仕事やのに飲み過ぎやで〜」

「プリウスで燃費を気にして、ビールは発泡酒かっ。ええやないか、今の冷え切ったヤクザを象徴しとるがな〜。メシはチェーン店の定食屋でボソボソ食うて、その内、制限速度も守れ言い出すんちゃうやろな。暴力団の名が泣きよんど〜っ」

薄苦い発泡酒を口に含むと、阪神尼崎駅が見えてきた。

「兄貴、もう着くで。発泡酒が手にかかったとかゆうて、ギャアギャア言わんとってや」

秀吉が右にハンドルを切ると、阪神尼崎駅前のセブン－イレブンの看板が目に入る。

「おぉ〜、しっかり、たまっとるやんけ〜。あれがええんちゃうかいっ。あの現行の黒のプリウス。一丁前に七のゾロ目やんけ。まだゾロ目とか流行っとんかいっ」

視界の先に七、八人の若いヤツらが溜まっている。その手前に駐車されている黒のプリウスの顔面に目掛けて、秀吉がアクセルを踏み込んだ。発泡酒が顔面へと飛び散る。

「こらっ！　秀吉！　もうちょっと考えて突っ込まんかいっ！　びしょびしょやないかっ！」

「だから兄貴、言うたやろう！　濡れたとか言うて騒がんとってくれって」

セブン－イレブンの前にたむろしていた男たちが顔つきを変えて、喚き散らしている。どの顔もまだ幼い。普通だったら、昨日、ヤクザと揉めた場所に、翌日、平然と溜まったりはできない。

少なくとも、しばらくは寄りつかないようにと考えるはずだ。それが何の危機意識もなく、同じ場所にたむろしているだけでなく、車の衝突も運転ミスとでも思っているのだろうか。

他勢に無勢。若者たちは車が突っ込んできても、幼い顔を尖らせて、呑気に喚き散らしているだけだ。

萩原は服の袖で発泡酒を拭うと、残っている発泡酒を一気に飲み干した。

「プハ～ッ。秀吉、バックしてもう一発いったれ～」

「よっしゃっ！」

秀吉がレバーをバックに入れ、後方へ急発進させ、素早い動作でブレーキを勢いよく踏み込み、再びアクセルを踏んだ。

二度目の衝撃に軽い痛みを首筋に感じながら、ドアを開けた。

さっきまで目を尖らせていた若い兄ちゃんたちが、今度は目を丸くさせている。

「ごめんやっしゃ。毎度おおきに、集金に来たったど〜」

「な、なにワレこら！！！　ケンカ売ってんのかっ！」

甲高い声。今では死語となっていて、暴露系のYouTuber以外で、「ワレ」などという言葉を耳にしたことがない。生で聞いたのは久しぶりだった。

我を取り戻した震災刈りのノッポが秀吉に歩みよろうとした時には、その顔面に鉄のヌンチャクが二本埋め込まれていた。

「な、なに、なにしとんねんっ！　こらっ！」

「こ、こうじくん！　大丈夫っ⁉」

「お、お前ら、ケ、ケンカ売ってんのかっ！　こうじくんはええとこ付きの節操なしやけど、格闘技やってんねんぞ！」

こうじくんとやらは、ディスられているのだろうか。しかし呑気なものである。まだケンカを売ってるかどうか聞いているのだ。

「あっ！　尾崎くんっ！！！　コイツらっ！　ケンカ売ってきてるんすっ！」

プリウスの横に止まっていたクラウンのアスリートから男が降りてきたときには、「やかましいんじゃ！」と言いながら秀吉のヌンチャクが、二人目の兄ちゃんの顔面にめり込んでいた。

「おいっ、おいっ、舐めたことしてくれてるのっ」

クラウンのアスリートから降りてきた男が、ナイフを抜いて、秀吉ではなく萩原を見た。秀吉と目が合えば、ヌンチャクの餌食になる恐れがあると咄嗟に判断し、まだ何も攻撃的な動きを見せていない萩原を睨んでいるのだろう。

「ウギッガッオッ」

三人目の兄ちゃんが秀吉のヌンチャクを顔面で受け、前のめりになって蹲った。

「兄貴、やっぱりヌンチャクだけで十分そうやで」

「そうやの。でもコイツ、ナイフ持っとんぞっ」

「だ、誰がコイツじゃ、ケンカ売って――」

男の声が止まる。荻原は男に、ピタリと銃口を合わせた。

「やかましい、お前らなんべんもなんべんも同じことばっかり抜かすな」

太もも目掛けてなんの躊躇いもなく指をかけた引き金を引いた。大袈裟に吹き飛ぶ男。

「ちょっと兄貴〜。もうハジいたらあかんて〜っ。もう〜」

さっきまでの喧騒が一瞬にして静寂と化した。落としたナイフを拾い上げて、足を踏みつけて押さえると、呻(うめ)いている男の髪の毛を鷲掴(わしづか)みにする。

「一応、聞くけど、兄ちゃんが尾崎くんかっ？　あ、それとその呻き声やめ。あんまりしつこいと、声も出せんようにしてまうどっ」

　ピタリと呻き声が止まる。

「兄貴、そいつ連れていくんやろう？」

　秀吉が現行のプリウスに突き刺さったままの型落ちのプリウスに乗り込むと、車をバックさせて、ハンドルを切り直している。

「おんなじことをなんべんも言わせんなよ。兄ちゃんは尾崎くんかどうか聞いとんねんっ？」

「はっ、はいっ！　おっ、尾崎で――ウギャアッッッ！！！」

　マメ（銃弾）を撃ち込んだ反対の太ももに、尾崎が落としたナイフを突っ込んだ。

「尾崎くん、ナイフ落ちとったぞ。でな、確認やねんけど、尾崎くんは尾崎市長かなんかなんかっ？」

　呻き声を必死に堪えながら、首をこれまた必死に振り続ける。

「せま！　これ兄貴、そいつ入るかな？」

　プリウスをUターンさせた秀吉がトランクを開けている。

「オレはこう見えて心が広いねんっ。分かるやろう、尾崎？」

「もう、兄貴、ダラダラしてたら、サツくるって」

「ちょっと待て、ここから大事なとこや。なあ、尾崎。お前らは、カタギかヤクザか、どっちや？」

太ももに差し込んだナイフをぐりぐりと回すと、尾崎が悲鳴をあげながらこたえた。

「カ……カ……カタギですうッッッッッッ」

「そうか。ほんならええ、人違いや。間違いは誰にでもあるもんの」

と言いながら、鷲摑みにしていた髪の毛とナイフを放して立ち上がった。

「かまへん、帰るど」

「え〜っそれは兄貴、甘過ぎるやろう、親指の二本くらい千切っとかな、おっさんがまたうるさいで」

「アホか。尾崎くんはカタギや、言うてはるやんけ。カタギの指千切ってどないすんねんっ」

萩原が助手席に乗り込むと、秀吉は尾崎の顔面を蹴り上げ、尾崎が降りてきたクラウンのフロントガラスをヌンチャクで叩き割ってから、運転席に乗り込んできた。

「あっ、ちょっと秀吉、セブで発泡酒こうてきてくれや」

「捕まってまうって」

と言いながら、アクセルを踏み込み、顔面の大破したプリウスを荒々しく発進させた。

「懲役やったら、いまごろあげられてるの〜」

ボソリと呟くと、秀吉が「えっ？　なんて？　うわっ前輪、パンクしてるわっ」と言いながら、慌ただしくiPhoneを取り出した。

5

荻原は、テーブルが鉄板の油でネチャネチャしている行きつけのお好み焼き屋で、『Yahoo!ニュース』を見ながら、テコを使って豚玉に切り込みを入れていた。

暴露系YouTuberが芸能人などを脅したとして、逮捕、起訴されたニュースが配信されている。

散々、世間を騒がせていたのだ。懲役を免れることはないだろう。

どいつもこいつも刑務所という場所を勘違いしている。たまにちょっとした著名人や芸能人、ミュージシャンが刑務所に送られることがあるが、ヤツらが行く刑務所は、同じ刑務所でもヤクザなんかがいない初犯刑務所でA級刑務所だ。

そこで真面目(まじめ)に大人しく務めて、仮釈放をもらって帰ってくるのだ。そんなもの、本当の刑務所に務めたとは言わない。

ヤクザ者や犯罪傾向が進んでいる者が収監されるB級刑務所に務めてこそ、初めて懲役に務めて帰ってきたと言えるのだ。

初犯刑務所に務め、仮釈放の恩恵に与って帰ってきた人間は、どれだけ中で官にごますって生きてきたか。萩原はそこまで考えて、鼻で笑った。

「おばちゃん、瓶ビールもう一本ちょうだい」

空になった中瓶を手に持ち振ったところで、引き戸が開けられ秀吉が店内へと入ってきた。

「兄貴、三宅のヤツらが早速、事務所に乗り込んできよったで。それもカシラの松山だけやなしに、組長の三宅まで来とるわ。事務所の中には、三宅と松山の二人、駐車場にボディーガードが三人。事務所近くを二〇人ほどで包囲して、兄貴とオレがくるのを待っとるわ」

ソースのべったり塗られた豚だけを箸で摘みあげ、おばちゃんが持ってきた瓶ビールをグラスに手酌で注ぐと、一気に呑み干した。

「覇王色の覇気でも使えたらの〜。で、道具は？」

「おっさんがうるさいから、この前のヌンチャクだけしか持ってきてへんで」

「ちょっとっ！　またケンカ!?　もうやめときやっ！！！」

振り返ると、バイトのみずきが二重瞼をキッとさせて立っていた。萩原は伝票を取り、みずきに三千円を手渡した。

「みずき、何歳なってん？」

「何歳って、一九やけど」

「来年、成人式かっ。一番ええときやないか〜。あのアホも帰ってくるしの〜」

腰を下ろしたばかりの秀吉も立ち上がる。

「ちょっと！　おっちゃん、まだ話は終わってへんでっ！」

歩き出した歩を止め、みずきに振り返った。

「みずき、オレらはケンカが商売や。時代が時代やったら、もっとええ暮らしできてたはずやねんけどの〜。また来るわ〜」

何か言い出しそうなみずきの口が開く前に、お好み焼き屋を出ると、店の前に停められたレクサスの助手席に乗り込んだ。


本部の駐車場に着くと、橋爪が駆け寄ってきて助手席のドアを開けた。

「ご苦労様ですっ！」

「おうっ！」

視線を振れば、なにわナンバーの黒塗りのアルファードの車外に立つ、屈強な三人の男が、鋭い目つきを放っていた。三人が三人とも耳が潰れている。

「あれ見てみ、秀吉〜。指がないよりも耳が潰れてたほうが、よっぽどハッタリがきいとるやんけ〜っ、のぉっ」

秀吉が小バカにしたような声でくすりと笑う。

「ほんまやな兄貴〜。あれやで、あんなヤッらが身体を鍛えて、カタギなったらYouTubeの地下格とか出てな、タレント気取りでひな壇とか座って小っ恥ずかしいこと言い出しよんねんで〜」

三人の前を通り過ぎても男たちは鋭い目つきを放っているだけで、頭すら下げようともしない。

それを見て、萩原は立ち止まり、一番いきり立った表情の男の股間を蹴り上げた。男が腰を折り苦悶の表情を浮かべながら股間を押さえる。

「こら、チンピラ〜。人さまの事務所の敷地に邪魔しとって、組長よりもえらいオレが来とんのに挨拶もできへんのかいっ」

蹴り上げられた男は股間を押さえながら、絞り出したような声を吐き出した。

「なにぃ……こらっ……」

激痛と怒りが入り混じった声。一人の男がそれを手で制した。

「ほんま、とことん仁義をわきまえんやつらやの〜」

と言いながら萩原は唾を吐き捨てた。

「兄貴〜あかんて、駐車場で唾吐いたら。またおっさんに細かいこと言われんで。ここ、まともにモニターに映っとんねんから」

「かまへんやんけっ、唾くらい。コイツら三人が綺麗に洗い流して掃除しとってくれるわいっ、のっ？」

三人の視線にはあからさまな怒気が宿っている。

その視線に一瞥くれると鼻を鳴らし、萩原は踵を返して本部事務所に入っていった。

二階の組長室。ノックもせずにドアを開ければ、怒声が浴びせられた。

「こらっ！　何しとってん！　すぐ来い言うたやろがっ！　ほんまコイツらだけは……あっ、すんませんな〜、コイツが萩原で、こっちが秀吉ですわ」

ソファに座った二人は立ちあがろうともしない。

「ほう〜噂通り、えらい元気がええやないか。ワシが大川連合で本部長を預かってる三宅や。それでこっちが、ウチのカシラの松山や。まあ、座りや」

「初対面でタメ口かいっ。さすが貫禄やの。そりゃ、外のチンピラも挨拶せんはずや。天空の萩原紅ですわ」

と言いながら、二代目天空会会長の島村の横に腰を下ろした。

「こら、チンピラ！　オドレ誰に口きいとんじゃ、おう、こらっ！」

三宅の隣に腰をおろす松山が、怒りを露わにさせて口を開けば、「誰がチンピラじゃ、こらっ」と秀吉が言い返す。

島村は怒声を浴びせてきた後は、薄ら笑いを貼(は)り付けたままで、顔色ひとつ変えようとしない。

「こら！　お前ら、お客さんに向かって、なんやその態度は！　ほんま礼儀知らずで、ほんますんませんな～」

島村が深々と頭を下げて、薄ら笑いを浮かべたままで続けた。

「で、組長～。二人もこうして揃(そろ)ったことやし、今日はどういったご用件で？」

「なにが用件じゃ！　わかっとるやろがいっ！　ワシの出先の舎弟が弾かれた件じゃっ！　この落とし前、どないつけてくれるんじゃ！」

島村がとぼけた顔を作る。

「えっ!?　もしかして、あの子ら、ほんまにカシラの舎弟やったんでっか!?　冗談か思ってましたわ。それやったら分かりました。今回の件は松山さんの顔立てて、水に流させてもらいますわっ。お前らも、そういうこっちゃ、辛抱したれっ」

島村という男はたぬきだ。

コイツと今、懲役に行っている赤城(あかぎ)のボンクラだけは、どうしても好きになれない。だが、先代の親分が選んだ二代目だった。

「会長〜、甘いんとちゃいまんの〜。指くらいもらわな、ケジメつきませんで」

ソファの横に立っている秀吉が口を挟んだ。

「こら、秀吉。せっかく話がついたのに何を蒸し返しとんねん。お前は黙っとかんかいっ」

島村が秀吉を窘(たしな)めると、松山が怒りで顔を真っ赤に染めた。

「このクソガキどもがっ！」

「やめとけ」

腰を浮かしかけた松山を三宅が制した。

「こらっ、おっさん。オドレ一〇人もおらんようなチンケな組が、一万からおる大川連合にケンカ売ってんのかっ、おうこらっ。あんまり酔ったようなことを抜かしとったらプチッと捻(ひね)り潰してまうぞ」

「チンケな組やとっ」

秀吉が腰に手を当てたとき、組長室のノックが鳴らされ、橋爪が水の入ったグラスを二つ、お盆で持ってくると、ドンと音を立てて二人の目の前に置く。橋爪の左手には包丁が握られていた。

「アッハハハハ」

それを見て笑い出したのは三宅だった。

「何ちゅう組や。あんたらどいつもこいつも狂っとるやないか。さすが、天空の親分が作った組織や。すまなんだ、すまなんだ。ちょっと、試させてもうたんや。申し訳ない。ワシは昔、懲役で天空の親分に助けてもうたねん」

そういうと、三宅は懐かしそうに目を細めて語り始めた。

6

「まだワシが血気盛んな二十代の頃や。初めての懲役でいきなり配役されたんが、京都のマンモス工場でバリバリのサムライや。そこを仕切って――」

「おいおいおいおいおいっ、組長。その話だいぶん長なるやろう。昔話やったら、自分ところの事務所か大川連合の総本部でしてくれや。オレもこれでなかなか忙しいねん」

電子タバコを咥えながら、萩原が三宅の話の腰を折ると、いよいよ松山が顔面を怒りで沸騰させている。

「いや、すまんすまん。お前が止めてくれなんだら、二時間ばかり話しこむところやった。で、忙しいところ悪いねんけど、ちょっとばかしワシに今から付き合うてくれんかっ？　島村さんちょっと、若い衆、お借りしてよろしいでっか？」

島村は先ほどと同じ表情のまま、ニコニコと薄気味悪い笑顔を浮かべている。

「どうぞどうぞどうぞどうぞ、どこなへなりと連れて行っておくんなはれっ。何やったら、返してくれんかてよろしいで～」

「おおきに。どうや、うまい肉でもワシとサシで食わへんか。滅多に食われへんような最高な肉やど」

そう言えば、お好み焼きを食い始めたところで秀吉が呼びにきたので、まだ小腹は確かに空いていた。

「かまへんで。肉言うたらワインや。酒も飲ませてくれよ」

三宅が笑顔を作って頷いた。

「よっしゃ。ほんなら行こか。おいっ、松山。神戸のいつものステーキ屋、予約してくれ。何をお前いつまでもそんな顔しとんねん。もう難しい話は終わりや。お前らはみんな引き上げて、事務所帰っとけ」

松山が不服そうな表情を浮かべながらも、「わかりました」と返事をすると、iPhoneを取り出した。

「兄貴、どないする？　オレが車運転して行こか？」

秀吉が萩原を見た。萩原は首を振る。

「いや、かまへん。ガソリン代が勿体ない。せっかくのお誘いや。いたれりつくせりならな三宅の組長に悪いがな。三宅の組長の車に一緒に乗してってもらう。組長、帰りは尼まで送ったってや」

「当たり前やんけ。ワシのレクサスは現行やど。一八〇〇万や～。心配せんでも帰りはちゃんと送ったるがな」

三宅は嬉しそうに顔を綻ばせていた。

神戸三宮のビルの高層階にあるステーキハウス。ガラス張りの窓からは、三宮の街並みが一望できる。

目の前でシェフが洗練された手つきで肉を焼いてくれている。

「どうや、ここは昼でもひとり五万やど」

赤ワインを飲みながら、三宅が顔を綻ばせる。萩原もワイングラスに手をやった。

「なんや、おっさん。さっきから自慢話ばっかりやんけ。今どきキャバクラの女でもそんなんじゃ、喜んでアフター行ってくれんぞっ」

こんがり焼き上がったサーロインステーキをコックが目の前に寄せてくれる。萩原はナイフとフォークを使って肉を頬張る。確かに同じ鉄板料理でも、さっき食べていたお好み焼きとは雲泥の差だ。

「で、お前はなんでこんな冷え切ったがんじがらめな時代に貧乏しながら、ヤクザしとんねん。さっきのお前の舎弟の兄ちゃんもそうやけど、お前らみたいな、ふた世代前からタイムスリップしてきたようなヤクザは息苦しいやろ？」

「そんなもん、カタギでもおんなじちゃうんかいっ。生きてる限り不満はあるし、窮屈は変わらんがな。

ただヤクザ云々(うんぬん)はあんまり興味ない。気に入らんことがあったら、いつ辞めてもかまへん。未練みたいなもんもヤクザにはない。

ただ生き方は変えんやろうし、今のところヤクザを辞める理由もないしな」

サーロインの脂身の柔らかさが口の中に広がっていく。ヤクザが生き方などとは考えたことがなかった。生き方は仮にカタギになってもヤクザだったとしても変わらない。ただ、ヤクザにはヤクザの領分があって、ヤクザは食べていくためにシノギをかけられるが、カタギがシノギをかけるのはその領分を超えている。

「そやの〜言われてみれば、ワシも辞める理由がなかったから、ヤクザを続けてきたんかもしれんの。ただワシらの時代はええこともあったけど、今の時代の子らは、何ひとつええことないわの」

「だから若いヤツなんて入ってこうへんし続かへんがな。で、結局、おっさんところのカシラみたいに、代紋もたさんとチビらをまとめて配下に従えて、勘違いさせてもうとんのが現実やろ」

「時代に沿った生き方って言うたってくれよ。おう、薄くガーリック焼いてくれ。精力つけなあかんからの、なっ」

三宅がニヤリと笑う。

「おっさんのシモのことまで知るかいっ。

で、なんや、おっさんはオレのことが気にいったんかいっ。昔の自分によう似てるとか定番のやつ言い出すんやろが。そんなんオレは聞き飽きたぞ。まあ確かに、オレはすごいけどな」

「ケッ、何ゆうとんねん。ワシがお前くらいの年のときはもう組を持って、もっとバリバリやったわい。そのときのワシに会うたら、お前なんかよう口もきけんかったぞ」

口の中で赤ワインの渋味と酸味がサーロインと調和する。

「まあ、懲役でおんなじ部屋やったら、おっさんはオレに舎弟にしてください！　言うてたやろな」

「ハッハハハ。ワシは見る目がある。お前の舎弟なんて死んでも嫌じゃ。でも、お前みてると、清々しい。ヒットマンブラザーズの名前はワシクラスでも、チラッとは聞いたことはあった」

「なんやねん、そのチラッととか、ワシクラスって。なんかいちいち大川連合の本部長の親分が、言葉でポジショニングとろうとすんのまあまあダサいで」

話していくうちに萩原も三宅の子供っぽさに愛着が湧いてきていた。

「なんでやねん。それがワシとお前の実力の違いじゃ。おいっワイングラスもうひとつと、シャトーラフィットロートシルトあけてくれ」

「かしこまりました」

丁寧な口調で、ホールスタッフの男がお辞儀をすると、若い女のスタッフがワゴンに載せた赤ワインを運んできた。

「なみなみと注いだってくれ」

女のホールスタッフが「かしこまりました」と言いながら、ワイングラスになみなみと赤ワインを注いでいく。

「おいおいおいおいおいっ。舎弟になれとか言われてもオレはならんど。それに何やねん赤ワインって」

「アルコール入ってたらおんなじじゃ、そんなもん。そんなかた苦しいこと抜かすな。代紋も立場も関係ない。ただな、ワシも大川の三宅や。経緯はどうであれ、ウチのカシラんとこのガキがワシの名前出しとんのに弾かれたんは事実や。そのケジメはつけなワシも笑いもんになる……とゆうのは建前や」

真剣な表情を作ったかと思うと、顔をゆるませた。どこか誰かに似ていると思っていたが、いたずらっ子のように笑う表情。親分だった。初代天空会会長、天堂空次朗に似ていたのだ。

「ワシは懲役で天堂の親分に助けられたんや。その義理はかえせんままやった」

三宅がワイングラスを持って傾けた。

「それやったら、おっさんがオレのことを兄貴って呼ばんかい」

三宅からワイングラスを受け取ると、残りを一気に飲み干した。濃厚な果実の香りが鼻腔を刺激し、微かな心地よさを感じていたのだった。

7

【シケ張り】

シケ張りとは見張り役のことで、主に当局が踏み込んでこないか見張りをする番として使われ、語源は博打(ばくち)場の見張り番からきた言葉と言われている。刑務所の中では、食事などのやり取りをする際、刑務官が来ないか、舎房の窓際に張り付いて見張ることなどに使用される。その際、刑務官が現れると、シケ張りしていた者が「ズッズズッ」や「ズッきたぞ」と合図を送ることから、「ズーを見とけ」という言い方で使われることもある――。

久しぶりの雑居に解放感を覚えていた。

工場に配役されると、まず雑居房に入れられ、同じ懲役たちと共同生活を送ることになる。それぞれの雑居には舎房のルールというものが存在し、その房に馴染みきれない者や馴染まない者は、自ら舎房から出ていくか、ケンカして道連れにするかの二択を迫られることになる。

雑居房で古くなっていくと、夜間独居に転房でき、朝から夕方までは工場に出て作業し、夜は独居で、誰にも邪魔されず、シャバのワンルームのような生活を送ることが出来た。

ただ、収容人数が一二〇パーセントを超えてからは、どこの刑務所も独居にパイプベッドを入れて二名独居を作り、一名独居が空いてから、ようやく本来の夜間独居に転房できるシステムが導入されていた。

空き部屋のことを空房と呼ぶのだが、出所、もしくは事故落ちがでなければ空房にならない。工場を完全に制圧していた萩原は、どの房に行ったとしても天皇のような扱いを受けられたが、正担当の水澤の粋な計らいで、この盆休みは萩原が厳選した懲役たちと過ごすことができた。

二名独居から刑務官に連れられて、斉藤と二人で雑居にやって来ると、すでに萩原が人選した、カン、静本、のり、アツ、タケル、勝男の六人が先に来ており、房内を掃除していた。

「おいっおいっ、あんま埃をたてんな。掃除当番はタケルと勝男がやれ」

二人が「はいっ！」と、口を揃えて返事をする。

口を開けば文句を言う斉藤とは大違いだ。

「おいっ、聞いたか、斉藤。お前と違って見てみ、タケルと勝男の返事。ヤクザの鑑みたいなええ返事やんけ」

「よう言いますわ。二人とも盆休みだけやから、こんな返事できまんねん。三年も二名独居で兄貴に、やれ背中かけ、肩揉め、ズー見とけ言われながら、ホヤキ（お菓子）取られて、シャリ上げされて生活させられてたら、そんな返事できまっかいな～」

斉藤の言葉に、笑いが起きた。

「兄弟も兄貴にムリなことはムリって、はっきりと言うた方がええで～」

他人事のように静本が言えば、斉藤が静本を睨みつける。

「兄貴にそんなこと言えるかいっ！」

「確かにな～」

また、全員の顔が緩んだ。それを見てなんだかいつもと違う感覚を覚えていた。修学旅行ほどではないが、楽しさを感じていたのだ。

「ほんなら次や。食器、水回りは、静本と斉藤の大川連合系枝の枝の枯葉コンビでせえ」

静本が「へ～い」とため息を吐くと、斉藤が「枯葉って……みんなで分担してやったらええんちゃいまんの～」と不満を口にする。

「黙れ、で、シケ張りはカンとアツがせえよ。のりはもうすぐ出所や。基本的に何もせんでかまへん。ゆっくりせえ」

それぞれが萩原の指示に返事をして頷く。

こうして、塀の中の盆休みはスタートしたのだった。

「そんな寝れんのかいっ？」

のりに聞き返した。のりが頷く。

「兄貴はシャバでも懲役でも眠剤なんて飲んでないでしょう。それやったら免疫がないんで、自分が飲んでるヤツやったら一発で朝ですよ。盆休みの間、あれやったら、飲んでください。夜が楽ですよ」

暑さに寒さ。空腹に歯痛、懲役の苦しみをあげればきりがないが、夜の長さには何年受刑生活を送っても、慣れることができなかった。

そもそも、小学生でもないのに夜九時の就寝から朝六時半の起床までの長時間、寝られるわけがない。そのため、医務に通い、眠剤をもらう者もいたのだが、基本的にどこの刑務所も薬は高く、そう易々と眠剤に限らず、投薬をもらうことが出来なかった。

特に眠剤は、どこの工場も正担当が投与させるのを嫌がるのだ。

薬が高いとは、何も値段の問題ではない。懲役では難しい、もしくは困難なことを高いと言う。そもそも薬自体、塀の中では自分で買うことが出来なかった。

「でも、のり、どうやって飲めんねん」

投薬は懲役が自分で所持することができない。

夕食後に担当が投薬のある懲役ひとりひとりに飲ませ、口をあけて飲んだかどうかまで確認するのだ。しかも、薬を不正受授させないために、錠剤ではなく粉状に砕かれている。それをどうやってやりとりするというのだ。

「オヤジ、簡単ですよ、なっ」

カンがアツを見た。

「うん。オヤジ、自分らに任せとってください。のり兄さんが飲んだフリして、担当が次の薬を用意してる時に、自分が食器口の下に隠れて、便箋（びんせん）を広げときますんで、口に入れたフリしたもんを、下に落として受け止めます」

「それで、自分がのり兄さんの後ろから、担当に、『自分の胃薬ももらえますか』って話しかけて、担当の意識をそらさせます」

「兄貴にそんなんあんまり覚えさせたら、『おいっ、斉藤！　オヤジに医務つけて、眠剤飲まんと寝られへんて言い続けろ』って、また言い出すがな。勘弁してくれよ〜」

「やかましぃ。斉藤、お前あんまり、ぐずぐず言うてたら、今年もわらび餅の匂い嗅ぐだけで、延々とカンとアツにシケ張りさせて、マッサージで盆休み終わらせてまうどっ」

斉藤が「もう兄貴、吐いた唾飲まんとってくださいよ〜」とため息を漏らし、静本が斉藤の肩を叩きながら、「兄弟、これも修業やぞっ」と言い、顔をニヤつかせている。

「よしっ、やってみ。もしも捲れたときは、斉藤に全部被らせたる。で、タケル、例の企画は間違いないやろな？」

斉藤の「もうむちゃくちゃやん」という声を無視して、萩原の布団を綺麗に畳みなおし、ボストンバッグを整理しているタケルに尋ねた。

「はい！　とっておきの怖い話をノートに二〇個、書いてますんで、夜は楽しみにしててください！」

眠剤に怖い話。萩原は満足気に頷いた。ちょうどそのとき、雑居房が解除される。

「萩原〜面会〜」

一瞬、胸が高鳴った。もしかして、という期待が膨らみかけたが、それを打ち消して、連行担当に尋ねた。

「面会って誰？」

普段の免業日は、面会を受け付けていないのだが、盆休みの平日は、工場の作業がなく休みなだけで、シャバからの面会をすることができた。

連行担当がメモに目を落とす。

「んっ？　息子さんや」

やっぱりなと思いながら、立ち上がると、スリッパを持って雑居房の外に出た。

面会室。アクリル板の向こうで、秀吉が笑顔を浮かべている。

監獄法が改正され、誰とでも手紙のやりとりが自由になったが、面会は親族と身元引受人のみと決まっていて、秀吉とは養子縁組を行い、先月、ついにそれが許可されたばかりだった。

嫁の雪乃（ゆきの）からは、もう半年も面会はもちろん、手紙すらも届いていなかった。

8

【シャリ上げ】

シャリ上げとは刑務所で配食される食事をほかの懲役から無理矢理に取り上げることをいう。刑務所内のイジメの一つ。

常に空腹を余儀なくされている懲役たちにとって、弱者から食事や祝日の日に出るホヤキ（お菓子）を取り上げるのは、いやしいなどと最も忌み嫌われ、それが過ぎると作業拒否などに追いこまれ、工場から放り出されることもある。ちなみに刑務所内では食事だけに限らずティッシュ一枚でも懲役同士でやり取りすることを禁じられており、刑務官に見つかれば懲罰となる。特に貰った側の懲役は懲罰を決める懲罰審査会で「お前は乞食か！　物乞いか！」などと刑務官たちから罵倒される――。

アクリル板の向こう。何年かぶりに見る秀吉は日に焼け、シャバの顔をしていた。

「秀吉、元気そうやんけっ！　どないやシャバは変わりないかっ？」

「ほんまやな、未決（拘置所）以来やから、四年ぶりかっ。シャバは兄貴がおらんから、変わりばっかりやで。一つも景気ええ話なんかないわ。ウチの会社も前の社長が死んで、代が替わったやろう。まあ、島村のおっさんはとにかくせこくて、嫌になるわ。それはそうと、ボンクラの件、ありがとうやで」


ボンクラとは東のことだ。面会室には立会担当がついており、会話の内容を記載しているので、秀吉は隠語を使いながら、萩原や秀吉が在籍している天空会の不満を漏らした。

天空会の初代親分は萩原が受刑中に病気で他界し、今は若頭をやっていた島村が二代目の会長となっている。必然的に萩原や秀吉も島村の若い者ということになった。

「何を言うとんねん、今も昔もシャバで不義理なことして、刑務所で楽できるほど、懲役は甘ない。シャバよりも逃げ場所がないから、余計辛(つら)いわの〜」

「確かに。で、雪乃姐(ねえ)やけどなー」

秀吉の顔に翳(かげ)りがさした。それだけで良い報告ではないことを察することができた。

「携帯の番号が変わってるのは手紙で書いたけど、ギンヤ連れて、兄貴が姐(ねえ)やチビらと住んでたマンション見に行ってきたら、もう引越してもうてるわ、すまん、兄貴」

ガーンという音が頭の中で鳴り響き、胸がギュッと締め付けられる。どれだけ一緒にいても懲役の帰りを待つということは、それだけ難しいことだった。

「まあ、あいつは若いし、しゃあないわの。これで未練も綺麗になくなったし、帰ったら、好きなことして、またいつでも懲役に帰ってこれるようになったやんけ。気楽なもんじゃ～」

秀吉が寂しそうな笑顔を浮かべるので、それが余計に胸を苦しめた。

ヤクザ稼業に身を置いたときから、嫁と子供は作らないと決めていた。特に萩原のように組の汚れ仕事を担う者にとっては尚更のことだった。

家庭をもってしまうことで、いざというときの迷いにも繋がるし、子供などが産まれてしまうと、ヤクザの子供として生まれてきてしまうのだ。

それだけで普通に考えてかわいそうだ。そう決めていたはずだった。だが雪乃と出会い二人の子供を授かってしまっていた。

「なかなか笑いにくいけど、ヤクザってほんま割の合わん商売やでな。オレかてシャバにいてるから、まだええけど、懲役やってなったら、キヨかて待たれへん思うわ。ただな兄貴、りっきとりくの小学校はわかったで！」

「なにっ！」

りつきとりく。娘と息子だった。

「オレかて何の土産もなく、兄貴にただただ不幸を告げにくるためだけに面会に来られへんがな。ギンヤとしっかり二人の写真も撮ってきたで。あのりくが小学生やで。りつきもえらいお姉ちゃんなっててびっくりしたわ。りくなんて、兄貴そっくりで、あれはやんちゃなんで。ちゃんと今日、二人の写真、差し入れしてあるし、定期的にギンヤ連れて、写真撮ってくるから、楽しみにしとってや」

男と女など、どれだけ愛を誓いあったときがあったとしても、それは過去の産物にしか過ぎない。結婚も離婚もたかだか紙切れ一枚の話だ。だが子供は違う。自分自身の命よりも大切なもの。それがカスガイと言われる子供だった。そこにヤクザもカタギも関係はない。

「さすが天空のヒットマンブラザーズはちゃうの〜」

「当たり前やんけ、兄貴〜。あと半年やろう。もしも会社が潰れても、オレが兄貴の帰りをまっとくがな。面会の許可も通ったし、今は三類なって月三回、面会できるようなったやん。これからはオレが毎月三回面会くるしな。兄貴、寂しがらんとってくれよ」

月に三度の面会。尼崎から大阪刑務所まで高速に乗って片道約一時間弱、往復約二時間。待ち時間もあわせれば、半日は潰れてしまう。いくら出所まで残刑半年になったとはいえ、毎月ともなると大変なことだ。

「オレは何も心配いらん。秀吉、あんま無理せんでかまへんからな」

と言えば、担当が「五分前です」と申し訳なさそうに告げたが、秀吉が、

「おやっさん、盆休みやど。ほんまは墓参りのひとつも行かなあかんのに、こうして面会来とんねん」

と言うので、萩原も相槌（あいづち）を打った。

「そうやの。それでなんでもかんでも、自分の都合ばっかり言うたらあかんわの〜。先祖の供養もいけん秀吉がかわいそうやないか。一五分でかまへん。延長したれっ」

担当が「分かりました……あと一五分だけでお願いします」と言えば、秀吉が、

「しゃあないの〜あんたの顔を立てたろう」

と言い、担当も安堵（あんど）の表情を作った。


「えらい長かったでんな。また担当にむちゃ言うたんちゃいまんの〜っ？」

斉藤が口にすれば、静本が頷く。

「それにしても暴排条例のお陰で、シャバも色々と大変らしいの。通帳は作れん、賃貸あかんてどないせえゆう話やで。ワシも帰ったらカタギならなあかんかもしれんがな」

「心配すんな。お前クラスやったら、おるかおらんか分からんから、なんの支障もあるかい」

「ほんま兄貴は口が悪いわ〜」

静本が呆れた声を出すと雑居内に笑いが起き、その隙間を縫うように、ワゴンを押す音が廊下から微かに流れてきた。

「兄貴っ！　来ましたよっ！　わらび餅ですわっ！　自分のもいってくださいねっ！」

出所三ヶ月前になれば、甘シャリはまだ残刑が残っている懲役に気持ちよく渡すという塀の中の暗黙のしきたりがあった。

出所すれば甘いものなんて好きなだけ食えるので、まだまだそれが食べられない同衆に、献上するのが懲役の仁義の一つだった。

もちろん、だからと言って刑務官に見つかれば、即、摘みあげられて、不正授受の科で懲罰となる。

「自分らが、完璧にズ、張りますんで、自分のもオヤジ食べてください」

カンが言えば、同じくシケ張り役に任命したアツも頷く。

「オヤジ、自分のわらび餅いってください！」

タケルと勝男が顔を見合わせて、「自分らのわらび餅を食べてください！」と名乗り出るべきか様子を窺っている。

「兄貴、ワシはこの前、恩赦もうたから、絶対、今年こそは食べるで！」

斉藤が宣言するように言い放つ。大の大人がわらび餅一つで死闘を繰り広げているのだ。それが何だかおかしかった。

「いや、かまへん。オレは自分のヤツだけでええから、のりも懲役最後のわらび餅や。味わって食え」

「えええっ！！！！」

どの顔も同じ顔を作り、驚いた表情を浮かべている。

「兄貴、なんか面会でありましたんかっ!?」

これまで散々、上納させられてきた斉藤が口を開いた。

「なんもあらへん。ちょっと今日は胸がいっぱいでな」

「む、む、胸がいっぱいっ!?」

静本の驚いた声を聞きながら、萩原はりつきが生まれた日のこと、りくが初めて自分の足で立った日のことを脳裏で思い出していた。

9

【通声】

通声とは刑務所の規律違反のひとつ。刑務所内では房内で過ごす余暇時間に同じ房の懲役（受刑者）と会話することが許されるが、隣の房や他所の舎房の懲役と話しているのが刑務官に発覚すると、通声という科で懲罰へと吸い込まれることになる。不正口談、無断離席、わき見などと並んで検挙率の高い規律違反のひとつ——。

廊下に刑務官の声が響き渡る。

「24工場！　入浴っ！」

同じ刑務所の中にいても、工場が違えばまず顔を合わせることがない。それはシャバで言う、別の国に近い感覚かもしれない。

通常、入浴は週二回と決まっているが、夏場は増し風呂と言って、入浴が週三回となる。

本来、入浴は免業日には行われず、工場の作業後に工場から入浴に行くことになるので、他の工場の懲役と顔を合わせることはないが、盆休みと正月休みの大型連休だけは、舎房から入浴へと行くことになる。

担当の声に、萩原を含めた房内の懲役たちが、廊下に背を向ける。他の工場の懲役が廊下を通るときに、その姿を目で追ってはいけないのだ。

24工場の懲役たちが、萩原の房の前を通り過ぎていく足音だけが耳に聞こえてくる。

「あっ、兄貴、ヅメがいてますよっ」

廊下に背を向けたフリをしながら、満期前ののりが分からないように廊下に視線を放ち、口元を少しだけ動かした。

萩原はその声に、サッと首だけを動かす。

橋爪が真っ直ぐ顔を向けながら、目だけでこっちを見ていた。

「おぉっ！　ヅメ！！」と声をかけたい衝動に駆り立てられるが、そんなことをすればもちろん懲罰である。

萩原が刑務官に分からないようにウインクを送ると、橋爪もまた刑務官に気づかれないように、口元に笑みを浮かべ軽く会釈をする。

たったそれだけでも、嬉しい気分になれるのが懲役だった。

「ヅメはしっかりしとるでな。ちゃんと調べでも唄わんと、自分だけで罰もっていったからな」

24工場の懲役たちが通り過ぎていったあとに、静本が感心した表情を作った。

気にいらないヤツにタマを飛ばすことは、そこまで難しいことではない。だが、問題はそのあとだ。

ごく稀に、取り調べで、「○○さんに命令されました！」と言う懲役もおり、そうなれば、命令した側も工場から摘み出されて、罰に座らされることになるのだ。シャバでいうところの教唆である。

「当たり前やんけ。ヅメは出たらウチの組に来るゆうてんねんぞ。天空はお前らみたいなぬるくてでかいだけが取り柄の大川連合の、しかも八次団体くらいのとこでヤクザやってるヤツとはわけがちゃうねん。なんせウチは少数精鋭の武闘派組織の一次団体やからのっ」

「八次団体て……ようゆうわ、兄貴。ウチところかて、東大阪じゃ、うるさい組織やで。やるときはやるがな」

「よっしゃ、分かった。ほんなら連休明けにそれを証明したれっ。見せてもらおうやんけ、お前のところの吹いたら組長ごと飛んでしまいそうな組織が、どれだけ武闘派か。派手に暴れたれっ」

「へっ?」

静本が素っ頓狂な声を出した。

「何を間抜けな声を出しとんねん。最近、あのどんぶり(首から足首まで身体の全部に刺青が入っていること)入ったもやしの草本とかいうアホらが舎(グループ)組みだして三、四人で勘違いし始めとるやろう。斉藤と一緒にあいつらしばきあげて、芽を摘んでまえ」

「なんでオレもやねん!」

斉藤が言えば、静本も慌てた。

「ちょっちょっちょっちょっと、待ってや、兄貴。ワシは経済ヤクザやから、そういう荒事は若いヤツらにやらせてや。この年なって、タマは辛いて」

「何が経済ヤクザやねん。お前の罪名、三〇万の恐喝未遂やないか。そんな経済ヤクザ、どこにいとんねん。それにヤクザに経済もくそもあるかい。暴力あるのみじゃ。見せてみ、老兵のチンケな武闘派ぶりを」

房内に笑いが起きる。斉藤と静本は萩原より年上の出先の舎弟だった。

出先の舎弟とは、すでに他の組織に所属していて、代紋違いの縁組を懲役などで結んだ関係のことをいう。

もうすぐ満期を迎えるのりも出先の舎弟で、斉藤や静本と同じ大川連合の三次団体に所属していた。

少し年下のタケルと勝男はどこの組織にも所属していなかったが、出所してもヤクザをやらす訳ではなく、萩原個人の舎弟。まだ二〇代のカンとアツも、この先、シャバでヤクザをやらすつもりはなかった。あくまでカタギでありながら、萩原の個人的な若い衆だった。

その点、橋爪は違った。出たら萩原の若い者として、二代目天空会でヤクザをやることが決まっていた。

「こんなご時世や。代紋もったら何かと不便になる。別にカタギのまんまで、オレの舎弟でええやんけ」

どこにも縁を持っていなかった橋爪が26工場にいるとき、天空会入りを希望し、萩原の若い衆にして欲しいといってきたのだ。萩原はヤクザの現状を見て、カタギのままで良いのではないかと促したのだが、橋爪は頑(かたく)なだった。

「兄貴、自分は兄貴にヤクザとして、一生ついて行くってきめたんです。兄貴の下でヤクザを一からやらせてください！」

「苦労するし、ウチでヤクザやるんやったら、貧乏だってする。それにヅメ、ウチは長生きなんてできへんし、ええ思いなんかなんもないぞ」

「はいっ！　覚悟の上ですっ！」

その答えを聞いて荻原は、少し考えたあと頷いた。

「よっしゃ、それやったらやってみ」

シャバの不義理を持って入所してきた東にタマを飛ばすと決めたとき、他のヤツを飛ばすこともできた。だが、あえて橋爪を選んだのは、二代目天空会でヤクザをやりたいと志願してきたからだ。

人のために、中でケンカができなかったり、そのまま挙げられたときにチンコロするようでは、シャバに帰ったとき、ヤクザとして話にならない。

橋爪には、東を武力をもって工場から放り出させる際に、顔面を八発以上殴るように指示していた。言うならば、それが入門試験のようなものだった。

そして橋爪はそれをやり遂げた。一度、ケンカで事故落ちすれば、まず元の工場に帰ってくることはできない。事故落ちした瞬間にシャバで再会するまで、まず会うこともできなくなる。

それが寂しくないと言えばウソになるが、ヤクザはそんなに甘い稼業ではない。それにシャバにお互いが戻れば、またそこから同じ渡世で道中できるのだ。

萩原は元気そうな橋爪の顔を見て、安心したのだった。

そして事件は夕刻の点検時間に起きた。

点検はどこの刑務所も朝夕の二回行われる。点検準備の号令がかかると、一瞬の隙ができる。それは点検をとる担当たちが廊下の端から点呼を取っていくからだ。

入浴で橋爪が同じフロアにいることがわかった萩原は、カンとアツにシケ張りをさせ、外が見えないように目隠しされている窓の外に向かって大声を張り上げた。

「ヅメっ！！！」

すぐに返事が返ってきた。

「はいっ！！！」

「秀吉に出所のときに迎えにくるように言うとるから、残り大事にやるねんぞっ！」

「はいっ！！！　有難うございますっ！　兄貴もーっ」

橋爪の張り上げた声が途中で途絶えた。萩原は嫌な予感がして振り返った。カンとアツがシケ張りを続けていたので、萩原の方はバレていない。

「何が兄貴じゃっ！！　出てこい、こらっ！！！　誰と通声いっとったんじゃいっ！！！」

廊下に響き渡る刑務官の怒声。荒々しい金属音が鳴り響き、遠くで房が解錠される音が、静まり返った廊下に鳴り響く。担当たちの勢いのよい足音が近づいてきて、目の前を次々に通り過ぎていく。

窓からすぐさま離れ、点検位置に戻って廊下に視線を向けると、橋爪が真っ直ぐに前を見つめ、刑務官たちに連行されていったのだった。

「オヤジ、橋爪さんなら大丈夫ですよ。通声は現行犯ですし、絶対に一人で叫んでいただけだって鉄板はり（シラを切り通し）ますよ」

カンが小声だが、力強い声で呟いた。それに対して斉藤が、「ほんま、兄貴は罪深い人やわ〜」と呆れた声を出したので、頭を思いっきり叩いた。

「あいて！」

「もしも通声であげられたら、斉藤、お前もヤクザやっとんねん、肚くったれ。自分が通声してましたって自首したれよ。それでも官がまだやいのやいの言うんやったら、静本。お前らは兄弟分や。かまわへん、暴れたらんかいっ」

「なんでワシが肚くくらなあかんねん〜」

「もう、兄貴、むちゃくちゃでんがな〜」

斉藤と静本の情けない声に、担当の「点検っ！」の怒声が重なった。

カンのいうとおり、橋爪は「一人で怒鳴っていただけだ」と鉄板を張り続け、萩原があげられることはなかった。

10

【アゴがはくい】

アゴがはくいとは懲役用語の一つで、シャバに帰っても刑務所の名残りで使っているヤクザものがいる。アゴとは口のことで「お前らアゴばっかりいっとかんと手も動かさんかい」などと、刑務官からは——喋ってばっかりせんと作業しろ——という意味の使い方でも使用される。はくいとは、大きいこと、でかいことをいう。つまりアゴがはくいとは「あいつはでかいことばっかり言うヤツだ」と相手を蔑むときに使う言葉。「アイツはアゴばっかりやんけ」とは口ばかりのヤツだ、という意味——。

点検が終わり、仮就寝に入って布団を敷いても舎房の扉が開けられる気配はない。もう安心だった。橋爪は調査となり、今ごろは独居に移されてしまっているはずだ。官に「誰と通声しとってん！」と問い詰められたとしても、口を割るようなヤツではない。

萩原は安堵しながら、布団に寝転がりカンとアツにシケ張りをさせて、タケルにマッサージをしてもらっていた。

工場担当の水澤に盆休みは好きな面子(メンツ)を選んで良いので、独居をあけて欲しいと言われた際、八人の中にタケルを抜擢(ばってき)したのにはもちろん理由があった。

中学、高校と柔道をやっていたというタケルは先輩に仕込まれてきたお陰で、マッサージのスペシャリストだった。

「おぅぅっっ、そこやっ、そこを思いっきり親指で押してくれ～っ。斉藤のヘボいあんまとは大違いや～っ」

「はい～っ！　いきますよっ！」

マッサージをしている横では、勝男がうちわを両手にもち、滝のような汗を流しながら扇いでくれているので、熱風が心地よい勢いで頬に纏わりついていた。マッサージに扇風機がわりのうちわ。まるで天国のようだった。

「しかし三宅の叔父さんが、そのまま本家に残るとは思わなんだな～」

静本が布団に寝転びながら肘をついて斉藤に言えば、敷布団の上で胡座(あぐら)をかいてうちわを扇いでいる斉藤が頷いた。

「そうやの兄弟〜。ワシも絶対に三宅の叔父貴は大川の本家を割って出るおもとったもんな。懲役いってへんかったら叔父貴が代とってもおかしなかったのに、そのまま本部長に据え置きて。本家のいや吉もたいがいやわな」

「おいっ」

萩原は斉藤の言葉を短く遮った。

「お前らほんまアゴばっかり言ってなんの話しとんねん。寄せ場は団体生活やど。ちょっとは周り見習わんかいっ。シケ張りを代わったるとかないんかいっ。ほんまアホどもが。何が悲しくて、刑務所来てまでヤクザの話しとんねん。気でも狂ってんのかっ？　おいっ、カン、アツ、かまへん、こいつらとシケ張り代われ〜」

「ちょっと待ってや〜兄貴！　この年で、シケ張りって、シャバでウチの親分みたら泣きよるで。それでなくてもワシは毎日、兄貴の子守りさせられとんのに〜っ」

「さて、ワシはエロ本でも持って便所であたり（自慰行為）でも行ってこ〜。のりちゃん、エロ本、かりんで〜」

と言って、静本が腰を上げたときだった。

「ズッズッズッズッズッズッツッツッ」

食器口に顔を貼り付けていたアツが、素早い動きで自分の敷布団の上に滑り込むと、タケルがサッと萩原の横に敷かれていた布団に寝転び、カンは一瞬にして、自分の布団の上で、何事もなかったかのように週刊誌をめくっている。

「集(あつむ)！　何がズッズッズッズッズッじゃ！」

食器口の向こうで不機嫌そうな正担当、水澤がアツを睨みつけていた。

「なんやオヤジか〜今日は泊まりかいな〜っ？」

身体を起こして、食器口の向こう側に視線を投げた。水澤は不機嫌そうな顔を変えずに、萩原に向かって手招きをする。

「どないしてんな〜えらい不機嫌そうやな〜。たまの夜勤やからゆうて、オレら懲役にあたられてもかなわんで〜っ」

萩原はうちわを扇ぎながら、食器口の前で腰をおろした。

「何をゆうとんねん、萩原。お前、点検のときに橋爪と通声いっとったやろ」

やはりバレていた。

「いや、オレとちゃうで。斉藤ちゃうかな〜っ」

「お前、会話聞かれとんねんからちょんばれやないか。たまたまワシが今日、夜勤でおったから、八角のオヤジが握ってくれたけど、ワシがいてへんかったら、上げられてたぞっ」

間一髪である。上げられていたら、天国から一転して、独居で調査中の蒸し風呂地獄になるところであった。

「ええか、これ以上はなんもすんなよ。ワシの顔も潰れてまうねんからの、頼むぞっ萩原。貸し二個目やど」

意味ありげな水澤の表情。東にタマを飛ばしたのもわかっているようだった。

「あざ〜っす」

「おうっ。お前らも盆休み中に他の担当に注意されたり、事故落ちするようなことすんなよ。落ちたら工場に戻さんどっ。わかったな」

「はい〜」

「へ〜いっ」

「はあ〜い」

満足げに頷くと水澤は官靴を鳴らしながら、舎房の前から立ち去っていった。

水澤の足音が遠ざかっていくと、「投薬〜」の声が反対側の端の廊下から聞こえ始める。担当が夕食後の投薬を配り始めたのだ。

「兄貴、来ましたよ!」

のりが言うと、カンとアツが便箋を用意し始める。

「いや、のり。今日はやめとこかっ。オヤジの顔もあるしのっ」

「兄貴〜おっさんにカマシ入れられて寒がって（ビビって）まんがな〜」

静本が言えば、嬉しそうに斉藤の口も軽快に開く。

「なんやかんやゆうて兄貴も罰に座んのは嫌がってるからな〜」

「あほか、ヤクザやっててんねんぞ。懲罰、寒がっててどないするんじゃ。ただオヤジの顔を立てたんのもヤクザの務め方やないか。ほんまお前らは、年だけとってもヤクザを知らんの。おい、カン、アツ、もしオレが事故落ちするようなことあったら、斉藤と静本も工場から放りだせよっ！」

「はいっ！」

カンとアツが声を合わせた。

「こらっ！　お前ら元気よく返事したんなよっ！」

斉藤の声に、また笑い声が起きた。自然と萩原も表情が緩む。

刑務所の盆休みを萩原はそれなりに堪能していた。

11

「なんて！　兄貴が三宅のおっさんの舎弟になったん!?　マジで言うてんの？」

三宅の若い衆に二代目天空会本部まで送ってもらうと、秀吉と橋爪と部屋住みの坊主あたま、ユタカが萩原の帰りを待っていた。

「秀吉、何を驚いとんねん」

ソファに深々と身を沈めると、驚愕の表情を浮かべている秀吉を見た。

「当たり前やんけ。兄貴が誰かの舎弟なるなんて、やっぱりあのおっさん、兄貴から見てもそんなカンロクあったんか？」

萩原が鼻を鳴らす。

「フンっ！　カンロクやったら、どう見てもオレの方があるに決まってるやんけ、の～っヅメ」

「はいっ！」

橋爪が嬉しそうな表情を作ると、ユタカがコースターを敷いて、その上に水の入ったグラスを丁寧に置き、おしぼりを添えた。

「まあ、出先の兄貴分というよりもタニマチみたいなもんやの。秀吉、そんな深く考えんな。オレのスポンサーやと思っとけ」

「ヤクザのスポンサーなんていらんがな。て言うか、兄貴が三宅のおっさんの舎弟なったんやったら、今度からオレ、あのおっさんのことなんて呼んだらええんや。叔父貴か……三宅の兄さんていうのもへんやしな」

「アホか。遠慮せんと、よぉっ！　兄弟っ！　て、五分でいったらんかいっ」

「なんでやねん！」

間髪入れずに秀吉が突っ込んでくる。

「でもあれやの〜ヅメ〜、お前もなかなかハッタリきいてきたやんけ〜」

橋爪とユタカは身体の前で手を組み、直立不動の姿勢で立っている。

「うん、兄貴の言う通りや。あれは良かったな。茶も出さんと水持ってきた思ったら、手に出刃持ってんねんもんな〜昔の景気悪いときのチャイナみたいで、オレでも嫌やわ〜」

橋爪は照れた表情を浮かべながら、頭をかいた。

「外に何人も三宅組の人間らがいてたんで、もしものときは、向こうのカシラの足刺して、三宅の組長を人質にとってやろうって、無理やったかもしれませんが……」

懲役で舎弟にし、シャバに帰ってきてからは、島村の盃を飲まさずに、萩原の若い衆として子の盃を与えていた。萩原はコップに入った水を一気に飲み干し、アルコールで火照った顔をおしぼりで軽く拭うと、ソファから立ち上がり、秀吉に声をかけた。

「ほんなら帰ろかーっ、うんっ？　誰や？」

ズボンのポケットに入れていたiPhoneの着信音が鳴った。ディスプレイに浮かぶ文字――斉藤舎弟八号――。通話ボタンをタップする。

「おう！　なんどい、こんな時間に電話してくるゆうことは、よっぽど、ええシノギの話でも持ってきたんやろうな。かまへん、やれ。それで上がりの半分をオレに持ってきたれ～っ」

電話の向こうで、斉藤が呆れた声を出した。

――こんだけヤクザが冷え切ってんのに、そんな話ありまっかいな――

「お前はほんま相変わらずしょうもないヤツやの～。そんな冷え切っとんやったら、ヤクザなんて辞めてまえや。で、なんの用やねん？」

――それでんがな。ウチの二次団体で本部長やってる三宅組ありますやろう。あそこがほんま今さっきでっせ。本家にヤマ返しよりましてん――

今さっきといえば萩原と別れた後だ。

――三宅の叔父貴ゆうたら、うちでも三本の指に入る武闘派でんがな。その三宅の叔父貴がなんや電話で本家のカシラと言い合いなったみたいで、それやったら、割って出たら！　言うたらしいですわ——

「それでどうなってん？」

——本家の執行部の叔父貴らが今、続々と総本部に集まってきてまんねんけど、ワシら枝のもんにまで待機がかかりましてん。なんや、本家のカシラに、来るんやったらこんかいっ！って言い切ってもうたらしいですわ。三宅組も本部に組員が続々と集まってきてるゆう噂でっせ。尼にも三宅のところのカシラが面倒見てる半グレら、いてますやろう。それで一応、兄貴の耳にも入れとこ思って電話しましてん——

突発的に頭に血が昇ったのだろうか。萩原は三宅との会話を思い返していた。

「で、どうなりそうなんや？」

——そりゃ処分しますやろう。本家の木焼のカシラはうるさい人でっからな。ちょっとウチもバタバタする思いまっせ——

萩原はどこかで血が騒ぐ感覚を覚えていた。時代が変わってもヤクザはケンカしてナンボだ。

「そうか、分かった。また何かあったらすぐ知らせぇ。舎弟九号の静本にも言うとってくれ」

そう言って電話を切ると、秀吉を見た。

「車、回してくれ。今から三宅の本部いくぞ」

秀吉はニヤリとした表情を作った。

「早速、天空のヒットマンブラザーズの出番やな。またおっさん、怒るやろな、兄貴〜」

所詮ヤクザは揉めてなんぼの世界である。

「アイツはそろばん弾くことしか知らんからな〜。関係あるかいっ。あんまりグチグチ言うてきたら、破門にしたったらええやんけ」

「逆やがな。なんせすぐ車回してくるわ！」

秀吉が急いで出ていく。

「オヤジ、自分も――」

橋爪の言葉を遮った。

「お前は事務所で待機しとけ。なんかあったらすぐ動けるようにしとけよ」

――そやの〜言われてみれば、ワシも辞める理由がなかったから、ヤクザを続けてきたんかもしれんの。ただワシらの時代はええこともあったけど、今の時代の子らは、何ひとつええことないわの――

萩原は三宅の顔を思い浮かべていたのだった。

12

白塗りのレクサスLS460は、二号線を大阪方面に向けて走っていた。

左手に巻いたロレックスのデイデイトに目を落とす。時刻は午後一一時を回っていた。ハンドルを握る秀吉が前方に視線を向けたままで口を開いた。

「兄貴、三宅のおっさんは、連合を割って出るようなこと兄貴に言うてたんか?」

助手席の外に目をやりながら、懲役のうだるような暑かった夏を萩原は思い出していた。あの頃は、車内の寒いくらいに効いているエアコンなんて夢のような話だった。

「いや、全くや。でもオレらみたいな、時代に迎合しようとせず、暴力がヤクザの全てやみたいな生き方を見て、おっさんも年甲斐もなく感化されてもうたかもしれんな~」

ヤクザ社会もいつの間にか組織化され、やれあれをやるな、これに手を出すなと、組織からもがんじがらめにされている。

間違いなく、萩原も秀吉も大川連合のようなでかい組織に所属していれば、とっくの昔に処分されていただろう。

だが、今は歳をとり、「とにかく揉め事を起こすな！」と言っている親分衆たちも、若い頃はケンカして名を売り、今の地位を築いてきたのだ。

それを三宅は、萩原や秀吉、とぼけたような島村を見て思い出したのかもしれない。ケンカは不利な方こそ、おもしろい。

思考を遮断するように、iPhoneの着信音が車内に響き渡る。ディスプレイに浮かぶ文字を見て、萩原は通話ボタンをタップした。

「おう〜どないしてん、みずき〜。お好み焼きのバイトは終わったんか？」

――そう、今、帰り。なんかまた物騒な話してたけど、ちゃんとおっちゃんも家帰ってんの？　またヒデくんとケンカしになんて行ってへんやんな？　来週にはパパが帰ってくんねんで。今度はおっちゃんがおらんようなるってなったら、アタシ嫌やからな！――

赤城の顔が頭に浮かぶ。中学の頃からの同級生。

だが、たったの一度も分かり合えたことなどなかった。

そうか、あのバカの出所も、もう来週か。舌打ちをしたい衝動に駆られながら、人の懲役だけはいつもなぜこんなにも早く感じてしまうのかと、不思議に思った。

「何も物騒なことなんかしてへんがな。おっちゃんも、今から帰りや。みずきも気ぃつけて帰らなあかんぞっ」

——約束やからな。もしまたおっちゃんが捕まったら、もうおっちゃんとは口きかへんからな！　ヒデくんにも言うててや——

「心配すんな。オレも秀吉も、もうヤクザでメシ食えんことを悟った。今も携帯でアルバイト先を探してたとこや〜」

——うそつくな！——

一方的に電話を切られ、萩原は苦笑いを浮かべた。気が強いのは、赤城譲りというよりも、母親の、りの譲りだ。赤城の性格はもっと捻くれている。

「みずきからやろう？　そうか、テツの兄やんも遂に来週か。これで天空のヒットマンブラザーズも久しぶりにシャバで勢揃いやな。おっさん、また頭痛いやろうな」

秀吉が声を弾ませた。

「フンっ、あのボケが帰ってきても帰ってこんでも何も変わるかいっ。オレだけで十分じゃ」

「ほんま兄貴は、テツの兄やんとあかんもんな。でも、そんなん言いながら、兄やんの留守中、みずきの面倒はしっかり見てきとるやん」

「当たり前やんけ。いくら嫌いなヤツでも身内や。ヤクザが残った家族の心配したらんで、誰がしたんねん」

赤城がまだ拘置所にいるときに届いた、たった一通の手紙を思い出していた。

——おいっ、どチンピラ。オレの留守中にみずになんかあったら、オノレただで済む思うなよっ！——

頭に血が昇りはじめると、三宅組の本部が見えてきた。

「おうおう、ようさんパトカー張りついとるがな。えらい警戒しとんの～。どうする兄貴～。駐車場もいっぱいみたいやで。どっか近くのパーキング停めて、歩いていこか？」

「何、言うとんねん。おっさんはオレのスポンサーやぞ。言うならば、あれはオレの事務所や。堂々と入口のど真ん中に停めたらんかいっ」

「スポンサーって。大阪府警の暴力（府警四課）は未だに時代錯誤してるからうるさいで～」

そう言って、事務所の入口のど真ん中に停めた途端、一斉に刑事に取り囲まれた。

「こぅら！　お前ら、大川連合のもんとちゃうやろなっ？　ワシらの縄張りで、マメでも撃ち込むような真似ーっ」

ヤクザ顔負けの暴力の刑事の言葉を途中で遮るように、助手席のドアを勢いよく開け放った。

「なんじゃこらっお前っ！！！　どこのもんじゃ！」

いきり立つ暴力の刑事をみながら、口を開いた。

「やかましいの～。お前ら大阪の暴力（四課）には、近所迷惑って言葉はないんかいっ」

「ないで～兄貴。こんな礼儀すらできてへん柔道バカのデコすけに、近所迷惑なんて、漢字でよう書けんやろう」

秀吉が運転席のドアを開け放つ。耳の潰れた、時代をぶっちぎって逆行するヘアースタイル。角刈りの刑事が額に皺を寄せて凄む。

「よっしゃ、お前ら上等やんけ。神戸ナンバーごときのどチンピラが、大阪府警舐めてたらどうなるか、たっぷり教えたら。おいコイツら、連行せえっ!」

「はっ! 分かりました! おいっ! お前ら、ちょっとこいっ!」

若いヒネ(警察官)が肩に手を置いて、引っ張ろうとした瞬間、萩原はそれを払いのけた。

「お前らサツやから言うて、あんまり勘違いしてたら、尼まで連れて帰って大阪に戻ってこれんようにしてまうどっ」

「なんやとこらっ! 公務執行妨害じゃ! 逮捕せえ!」

角刈りが喚き声を上げた瞬間だった。

「やめとかんかいっ。近所迷惑やろが〜っ」

「はっ! 警部殿、申し訳ありません!」

ひょろひょろの薄気味悪い目つきをした男が一人、暗闇から近づいてくる。

「ほう〜お前ら、二代目天空会のヒットマンブラザーズやないか。尼崎の関係ない組が三宅んとこになんの用じゃ?」

ひょろひょろの薄気味悪い目つき。コイツが、大阪府警の〝人攫いのぬらりひょん〟こと、江原（えばら）か。

「兄貴、コイツ……」

秀吉も気がついたようだった。自分が気に入らないヤツは誤認逮捕してでも府警本部に連行し、道場に連れて行き、足腰が立たなくなるまで殴り続ける刑事として、大阪のヤクザ者に最も恐れられている暴力担当の刑事だった。

荒々しい派手な音とともに、三宅組本部のドアが開け放たれた。

「おやっさん！　すいませんっ！　コイツら、うちの親分の客人でんねん。お前ら、二人とも中入れ。おい、サダ、そのレクサス、パーキングに入れてこいっ」

仏頂面した若頭の松山が駆け寄ってくる。

「おう〜まっちゃんやんけ〜っ。スポンサーはいとんかい〜っ？」

「やかましいわいっ！　ええから、早よ入れっ」

松山に促されて事務所に入り、二階にあがると、三宅が広々した事務所のソファの中央にどっかりと座り、ブランデーの入ったグラスを傾けていた。

「おうっ！　わざわざ来てくれたんかい〜っ」

三宅は子供のような表情を作り、顔を綻ばせて見せた。

13

真っ黒な革のソファに身を沈めるようにゆったりと座る三宅の表情は、何か先ほど別れたときよりもスッキリとしているように見えた。

「さっき別れたばっかりやのに、わざわざお前から会いに来てくれるとはな。よっぽど、ワシのカンロクに痺れてもうてんの〜。まあ、こっち来て座れ。このソファ見てみ、イタリア製のラグジュアリーや。お前のところのニトリかＩＫＥＡのソファとは輝きが違うやろう」

子供のような嬉しそうな表情を浮かべる三宅を見ながら、秀吉が小声で呟いた。

「なんか、兄貴に似て嫌なおっさんやな」

萩原は「フンっ」と鼻を鳴らしながら、ソファに腰を下ろした。

「兄弟がびびってへんか見にきたったんやんけ〜」

三宅が口に含んだブランデーを吹き出した。

「だっ、だれが兄弟やねんアホ！　兄貴やろうがっ」

失礼しますと、横に立っていた男がサッとおしぼりを差し出す。

「細かいことばっかり気にするから、連合のカシラとケンカなるんちゃうんかいっ。まあ、かたいこと言うな、ブラザー。おい秀吉～」

萩原は振り返って秀吉を見た。

「組長、先ほどはろくに挨拶もできんですんませんでした。兄貴が組長の出先の舎弟にしてもうたんは、兄貴から聞かせてもうてます。ワシ、萩原紅の舎弟、二代目天空会の若菜秀吉いいます。秀吉って呼んだってください」

「おうっ、かたい挨拶は抜きや、お前も座れ座れっ。おいっ、くれない、一杯やるやろう。バカラグラス持ってきたれっ。あっ、そうやそうや。おいっ伊丹、ちょっとこっちこいっ」

ざっと見て、五〇人近くは待機している組員の中から、「はいっ」と返事をして一人の男が三宅の前まで来て、腰を下ろし、片膝をついた。頬には刃物傷が走り、目つきは細く鋭い。年は秀吉と同じ、三〇半ばくらいだろうか。

遅れて入ってきた三宅組若頭の松山もソファに腰を下ろす。

「こいつジギリかけて（「自切り」から、抗争で貢献し服役すること）、半年前に大久保（神戸刑務所）から八年ぶりにシャバに帰ってきた伊丹や。今、ウチで行動隊長させてんねんけど、おい、お前、中で天空のもんと一緒やったゆうてなんだか」

「はいっ。天空会の赤城さんと一緒の工場で、可愛がってもうてました」

萩原は舌打ちをした。

「あんなもん、オレに言わせたら行儀見習いみたいなもんや。準構成員や、準構成員〜。大したことあるかいっ」

「なんやお前、赤城と仲が悪いんかいっ？　お前ら天空の赤いバラと天空の赤い核弾頭ゆうたら、ワシでも耳にはしたことあったぞ〜」

「そうでんねん。兄貴と赤城の兄やんは、バリバリの反目でんねん〜」

荻原は秀吉を睨みつけた。

「あんな自分勝手な、誰にでも噛み付くしか能のない野良犬と五分みたいにゆうな。赤い核弾頭はそもそもパクりや。もともとオレが紅い薔薇って言われて名を馳せとったんじゃ」

目の前にバカラグラスが置かれ、丁寧な手つきで氷が入れられるとブランデーが注ぎ込まれる。

萩原はグラスを持つと、顔前でグラスを軽く上げる。三宅もそれを見て同じように軽くグラスを上げた。

「で、なんで、いきなり連合を割って出てん。オレと会って感化されてもうたんかいっ？」

三宅がグラスを傾けると、ふぅ〜っと細い息を吐いた。

「そうかもしれんの。ワシも昔はお前らみたいに好き放題暴れてて、本家でもみんなが一目置いてたもんや。それがいつの間にか、政治にゼニや。もううんざりしての。それやったら、本家割って出て、大川相手にケンカした方がまだおもろいおもてな。どうせヤクザなんて最期は惨めやないけ。そこにへばりついて、肩たたかれへんかビクビクしながら、干からびていくくらいなら、三宅重厚（しげあつ）って極道がどんなもんか、全国のヤクザもんに見せたろ思てな。頼もしい舎弟もできたことやしな～」

「やんちゃなおっさんやの～。まあそっちの方がよっぽどヤクザらしくてええど。難しいこと考えてこぢんまりまとまってもうてもしゃあないからな」

ブランデーを喉（のど）に流し込むと、身体に焼けたような感覚が走り、全身を駆け抜けていく。

――ヤクザはヤクザらしく、カタギはカタギらしく生きな、意味ないぞ――

先代の親分。天堂空次朗がいつも口にしていた言葉だった。

「でも、そっちは大丈夫なんか？　明日にはお前らのところにも、本家からの状が回るやろう。処分者と付き合いしてて、天空の会長はなんも言わんのか？」

松山が萩原の顔を見ると、秀吉が口を開いた。

「ウチはあんまりそういうのありませんねん。どことも組織として付き合いはしてませんし、ウチの会長はそもそもたぬきでんねん」

「何をこれから抗争せなあかんゆうときに、カシラやってるお前が小さいこと気にしとんねん。

たぬきゆうのは、今日でわからんかったんか。何言われてもとぼけよんねん。ウチははっきりゆうて、オレら三人がおるからあんまり他が目立たんけど、全員がややこしい。たぬきはほんま狡いおっさんやけどな、押されたら殺されても前にはでよる。腐っても親分が選んだ二代目や。オレは嫌いやけどな」

「ハッハハハハ、自分とこの親方を腐ってもとか、嫌いやとか大声で言える組こそ、ヤクザらしいやないか。のう〜カシラ」

「いや、親分にそんなんワシらがゆうた日には、指何本あっても足りませんでー」

そのときだった。強い衝撃を感じたかと思うと、外から怒声が湧き上がった。その怒声を掻き分けるかのようにガラスが派手な音を立てて砕け散った。

「くうらっ！」

三宅と松山以外の組員たちが、怒鳴り声をあげて外へと飛び出していく。

「おいっ、おっさん。向こうは本家やから返しはならんみたいな眠たいことゆうとったら、あっと言う間に終わってまうど〜」

ジッと三宅の目を見た。

三宅が目を細め、テーブルの上のテレビのリモコンを取り、スイッチを入れる。

ちょうど、速報が流れて、画面が切り替わった。リポーターの慌ただしい声。

「たった今、入った情報によりますと、大阪府中之島にある指定暴力団、大川連合本部事務所に手榴弾のようなものが投げ込まれた模様です。繰り返します、指定暴力団、大川連合本部事務所に――」

三宅がTVのモニターにリモコンを向けて映像を遮断させる。

「ヤクザのケンカは先手必勝に決まっとるやないかっ」

そう言う三宅の表情は、ケンカを楽しむと言うよりも、どこか死に場所でも探しているような顔に見えた。だからなのだろうか。若頭の松山は浮かない顔つきをしながら、これからケンカだと言うときに、消極的なことを口にしている。

横に座っていた秀吉に目をやると、そこに秀吉の姿はなく、三宅組の組員たちと同じように、外へと飛び出していったようだった。

「秀吉らしいの〜」

と言いながら、萩原はシャバの熱い夏の始まりを感じていた。

14

【夜読（やどく）】

夜読は懲役用語の一つ。全国津々浦々の刑務所の就寝時間は午後九時と決まっており、午後八時五〇分になると、房内に就寝一〇分前であることがアナウンスされ、私語はもちろんのこと、房内で立ちあがったり、歩いてウロウロしたり、読書や書き物をするなど、寝ることと息をすること以外の全ての動作が禁じられる。つまり朝の起床時間を迎えるまで布団の中に入っていなければならない。それを持て余した懲役たちは、雑居房なら壁際、独居なら視察口の真下に頭を持っていき、巡回担当の死角に入った暗闇の中で、読書をするのである。それを懲役たちの間では夜読と呼んでいる。無論、官に発覚すれば懲罰となる——。

静まりかえった雑居房。午後九時を過ぎると、刑務所内は静寂に包まれ、巡回担当の刑務官の足音以外は、まず音というものに触れることがない。もちろん室内には時計などといった気の利いた物は設置されておらず、体感だけを頼りに起床時間まで過ごさなければならないのだ。萩原は仰向けになり、目を瞑ったまま姿勢を変えることなく、唇だけを動かした。

「よし。始めよか。ズッきたらすぐにやめれよ。第一回、大阪刑務所怖い話大会じゃ。優勝者は明日の昼のパンの塗りものの上納を免除する。ほんなら静本からヤクザらしい怖い話を一発行ったらんかいっ。出鼻から、オレを不愉快にさせるような話、しくさってみ。報知器下ろして、ドア蹴って出ていかすぞ」

わずかな笑い声とため息が静寂の中で入り乱れる。

「それが一番怖いわ。ほんまワシも懲役六回目やけど、長い懲役で怖い話して怖なかったら出ていけって言われたの初めてやわ。挙句、塗りものもらえるんじゃなしに、取られるって。少刑のノリでんがな～」

「もうお前の持ち時間ないぞ。それで終わりか」

天井から降り注ぐ薄明かりの中、扇風機が回りはじめた。就寝に入ると、起床三〇分前まで、雑居房では備えつけられた扇風機が首を振り、生暖かい風を送り続けてくれる。

「ちゃいまんがな。いきまっ――」

「ズッ」

窓際に身体を押し付けて、巡回担当にバレないように読書している斉藤の声に、房内がピタッと静まり返る。担当の靴音が聞こえ始め、通り過ぎていく。

斉藤の怖い話は、もう既に聞き飽きていた。担当の靴音が遠くなるのを確認しながら、静本の話が始まった。

「これ前刑で同じ房やった懲役から聞いた話でんねんけど、ウチの連合の直参で須賀会(すがかい)ありますやろう。あそこの代替わりのときにかなり内輪でガチャガチャして、本部長やってた本城(ほんじょう)が絶縁されましたわな。実はあのとき、すぐ本城にヒットマンが飛んでまんねんけど——」

萩原が苛立(いらだ)たしげな声で、静本の話を遮った。

「お前一体なんの話してんねん。霊的な要素一切ないやんけっ」

「ちゃいまんがな。このとき飛ばされたヒットマンが実は本城に内通してて、それが捲れてて本城ではなく——」

「はい、終わり。お前は怖い話の意味を履き違えて、挙句、不愉快に期待までさせたから、明日のぜんざいも上納や。次、勝男、ぜんざい三杯はオレもいらんぞっ」

静本が大きなため息を吐き、勝男の話がはじまった。

「これほんまの話なんですけど、シャバで調子が悪いなって思ったら、ぜったいにすれ違うおっさんがいてるんです。どこにおってもそういうコンディションになったら、そいつとすれ違うんですわ。で、未決座ってるときに、なんか朝から気分が乗らんなって思ってたら、面会が入ったんです。それで面会室まで向かって歩いてるときに、すれ違った刑務官の顔見たら、そのおっさんやったんです。それでハッとして、面会室入ったら、嫁が離婚届持ってきてたんですわ。怖ないですか？」

「審査委員長どないでっか」

夜読をしている斉藤の声が、扇風機の音の合間を縫うように、耳の中に入ってきた。

「気のせいやろう」

萩原が淡々と応える。

「ええっっっ、マジですかっ。くそっ、こっち、ちゃうかったか……」

「はい、塗りもん没収」

淡々とした斉藤の声。

「審査委員長の審査は絶対や。塗りもんの一つやふたつで犯罪者がガタガタ抜かすな。シャバに戻ったらバターでもジャムでも好きなだけ塗ったたれ。次、ほんならタケルいけ」

萩原の声に、タケルが静かに口を動かし始めた。

「自分、幽霊というか地縛霊に取り憑かれたことがあるんすよ」

「お前、それシャブを体に入れてるときやろう。あかんあかん、そんな幻覚あっかいっ」

既にぜんざいを没収されることが決定している静本が、タケルの話に割って入った。

「兄弟〜話、作ったらあかんわ〜っ。それは先輩が言うように、兄貴に失礼やわ〜」

バターとジャムの塗りものを上納することが決まった勝男が続く。

「審査委員長、判定は？」

壁にべたりと引っ付き、本のページをめくる斉藤。自分は参加させられていないので、呑気なものだ。

「ノーコンテスト」

「ふう〜っ」

勝男が安堵のため息を吐くと、静本が口を尖らせる。

「兄貴、それはおかしいわ。いくらタケルがマッサージがうまいいうても地縛霊でっせ。ノーコンテストって、それは公私混同でっせ」

「兄貴、そこは自分も先輩の言う通りやと――」

「ズッ」

斉藤の合図に、一瞬で房内の喧騒が止み、扇風機が首を振る音のみに支配される。遠くから担当の微かな足音。足音は段々と近づき、房の前を通り過ぎるかと思うと、そこでピタリと足音が停止する。

鉄扉のドアが開放されれば、斉藤はジ・エンドだ。静寂が重くのしかかる。時間にして数秒だろうか。静寂をゆっくり解放していくかのように、足音が再び動き出し、房内が安堵に包まれたそのときだった。

「いっ、い、い、今の――」

視線をやると、カンがむくりと立ち上がり、廊下を指差していた。一瞬、カンの表情にどきりとさせられる。

「今の担当……女でしたっ」

そうきたか。

「おいっ、おいっ、カン、それは流石(さすが)に卑怯(ひきょう)やろう！」

静本がケチをつけるが、どきりとしたのは確かだ。

「審査委員長、判定お願いします」

斉藤が本のページをめくる。

「入選」

「よしゃっ！」

カンが拳を握りながら、そのままトイレへと向かう。静本たちは「ぶうぶう」言いながら不満げな声を上げる。

萩原はそれを聞きながら、ゆっくりと睡魔がやってきたのを感じていた。

15

午前一時を回り、閑静な住宅街は静まりかえっていた。後部座席から萩原と一緒に降りた三宅は目の前のマンションを見て、驚いた声を上げる。

「なんや、これっ。ここお前のヤサかいっ。ハッハハハハ、えらい庶民的やないかっ、ハッハハハハ。ワシの息子と短大の合格祝いで娘に買ったったマンションのほうがまだ立派やぞ、のう、伊丹〜」

レクサスのトランクからボストンバッグを二つ取り出した伊丹は曖昧な表情を浮かべている。

「やかましいっ！　居候の分際で、偉そうにすんなっ」

三宅組の本部にトラックを突っ込ませ、窓ガラスに撃ち込んだ大川連合系の組員は、その場で警察官に取り押さえられた。

三宅は松山に向かって「一ヶ月が勝負やど。その間、ワシは体をかわしとく。カシラたのんだぞ」と言うと、「ほな、くれない、行こか。伊丹、用意してついてこいっ」と言い出したのだ。

「おいおいっ、おっさん、体かわすのはええけど、どこに行くねん。今日はもうオレそろそろかえんぞ。ちょっとまだ用事があってな」

「心配すんな。ワシも一緒に帰る。まさか天空の人間のヤサにワシがかわしてるとは、本家のボンクラどももサツかて、わからんやろが。裏口の隠し扉から、早よ行くど」

「はあ？　何ゆうとんねんっ！」

結局、三宅と伊丹は三宅組本部の前に張り付いている府警にバレないように、秀吉が運転するレクサスに乗り込んで萩原の家までついてきたのだった。

「おうっ、ヅメ、兄貴ついたぞっ」

運転席の秀吉がiPhoneで橋爪に連絡を入れると、橋爪がマンションの三階から慌てて、飛び出してきた。

その後を、嬉しそうに追いかける無邪気な声が近隣に響き渡る。

「ヅメ！　まてっ！　まてっ！　まてっ！」

慌てて降りてこようとした橋爪が振り返る。

「こらっ、りく、靴履きなさい！」

「ええの！　フォートナイトみてててってゆうたやろう！　あっ！　パパっ！　もう遅いねん

っ！　今、何時やっ！」

息子のりく、小学校二年生だった。橋爪に抱き上げられると、下まで降りてきた。

「りくは相変わらずパワフルやの～。兄貴ほんなら帰るで。また兄貴、なんかあったら連絡くれよ。ほなら組長、ワシはここで失礼します。おいっ！　りくっ！　おっちゃん帰るわな！」

「はよかえれ！」

秀吉が顔を綻ばせて、レクサスに再び乗り込むと、白塗りのレクサスは薄暗闇へと消え去っていった。

「はあはあはあっ……親分、おかえりなさいませっ、あいたたたっ、りく、あかんてっ！」

「こらっ、りく、つねるな！　パパこいっ」

橋爪からりくを受け取って抱き抱えた。

「おい……くれない、うそやろう、お前、子供いてんのかっ。似合わなすぎんどっ！　もしかして、姐（ねえ）もいてんのかっ!?　庶民的なマンションで嫁はんまでいてんのやったら、バリバリの極道のワシでも、お前んちで体（タイ）かわすの気がひけるやないかっ」

「何がバリバリの極道じゃ。心配いらん、嫁は懲役のときにもう別れていてへん。ただ、紆余（うよ）曲折あって、夏休みとかは子供らがたまに泊まりにくるくらいまでには修復した。そんなことより、早よ入ってくれ。近所迷惑やないかっ。おいっヅメ、客人らの荷物、持ったれ。りつきは？　寝たか？」

「いいえ、まだです、早く寝な、パパに怒られるで、とは何度も言ったんですが……すいません
です、あっ！　すいません、お荷物、お持ちします！」

伊丹の手から橋爪がボストンバッグを受け取ると、三宅が顔を綻ばせた。

「りくくんか？　おっちゃんがだっこしたろうっ」

「おいおいっ、気安く油断すんなよっ」

と言ったときには、三宅の顔面にりくのパンチが撃ち込まれていた。

「かまへん、かまへんっ。イテテっっっ……髪は引っ張ったらあかんがな～」

「こらっ！　りく！　やめんかっ！」

「は～い、なあっ、おっちゃん、今日泊まるん？」

「おう！　泊めてもらうでっ！　一緒に遊ぶか！」

「うん！　ぼくのやるフォートナイトみてや！　明日はゲームセンターでUFOキャッチャー
もいっぱいやってええ？」

「おう！　好きなだけやってええぞっ！」

階段を上がり、りくが三宅の腕から飛び降りると、家の中のりつきに向かって叫んだ。

「りつき！　へんなおっちゃんが、明日、UFOキャッチャー好きなだけやってええって言う

てるでっ！」

「まあ、気にせんと入ってくれ、変なおっちゃん」

三宅は苦笑いを浮かべながら、「お前もしっかり父親しとるやないか〜」と言い、靴を脱いで家の中に入った。

16

リビングのソファで三宅と向かい合って座り、発泡酒のステイオンタブをパチンと開けると、奥の子供部屋から橋爪と伊丹がそっと入ってきた。

「親分、りつきとりくが寝ました」

萩原は頷き、発泡酒で渇いた喉を潤した。

「おうっ。ご苦労さんやったな。兄貴と伊丹は寝室でやすんでくれっ。ヅメはりくと寝たれ。オレはソファで寝るから、ヅメ、タオルケット一枚だけ押入れから引っ張り出してこいっ」

と言ってハッとした。三宅がニヤリとした表情を作っている。

「今、兄貴って呼んだの〜。いくら見栄(みえ)張っても、ワシのカンロクにヤクザの本能があらがえんちゅうこっちゃ」

「ちぃ、しゃあない。ほんまは五分やけど、オレのほうが年下やから、兄貴って呼んだらっ」

「素直になったやないか。でもりつきもりくも可愛いの〜。りつきは女の子やから、なかなか最初はしゃべってくれなんだけど、明日、七時からセミ取り行って、好きなだけＵＦＯキャッチャーする約束したさかいな。

おいっ、伊丹、明日は下手打てんど。寝る前にTikTok観て、UFOキャッチャーの取り方、覚えとけよっ。それとセミの捕獲の仕方もググっとくんやど」

「分かりました、親分」

真面目に返事をする伊丹がおかしかった。そして三宅もだ。何百人も若い衆を抱える親分の三宅が、りつきとりくのわがままに嫌な顔ひとつせず、付き合ってくれていた。萩原はいつの間にか、三宅のそういう人柄に惹かれ出していたのかもしれない。

「で、兄貴、どないすんねん。一万からの大川の本家に手榴弾放り投げたんや。向こうも本気できよるど」

それには応えず、伊丹に「先、休んで、TikTokで研究しとけっ」と言うと、伊丹は膝を折り、床に座ると三つ指をついて、「わかりましたです、親分、先に休ませていただきます。萩原の兄さん、お邪魔させて頂きます。ヅメちゃんもおやすみ」と言って頭を床につけ、寝室へと入った。

「ヅメももう寝ろ。大人になってのセミはグロテスクやぞ〜っ」

「はいっ！　りくは人が怖がるのを見ると、セミを手で掴んで喜びながら追いかけてくるんで、明日は軍手使って完全に防御します」

自然に顔が緩んだ。

「おうっ、早よ休め」

「分かりました。三宅の叔父さん、おやすみなさい、親分、すいません、おやすみなさいですっ」

萩原が頷けば、橋爪もリビングをあとにした。

「なんかこういうのもええの〜。りつきとりくを見てると童心に帰るゆうか、切った張ったが嫌なんの。もうお前、あの子らおったら懲役なんか行ってられんど」

「何ゆうとんねん。これからケンカせなあかんゆうのに、そんな眠たいこと言うてたら、パクっと食われてまうど」

三宅が不味（まず）そうな顔で発泡酒を流しこむ。

「よっしゃ。ちょっとでも寝るど。これはワシのケンカや。舎弟にしたお前に身体をかけさせられるか。なるようになるわ。それにの、ワシはお前に会って、気持ちええくらいせいせいしたんや。ただでさえ、ヤクザは冷え切っとんのに、規律、規律ってあほくさい。そんなもん、聞いてられるかいっ」

「兄貴、愚痴なっとんど」

「すまんすまん、若い衆らには聞かせられんからの。今日、子供とおるお前を見てわかった。

お前は生粋のヤクザと見せかけて、ヤクザがおうてへん。いつかカタギなったときのことも、考えとけよ、ほな、寝るどっ」

立ち上がると、寝室に向かって背を向けた。

萩原はその背を見ながら、残りの発泡酒を飲み干した。


「おっちゃん！　いいのっ！　いいのっ！」

一万円を崩し、両替機で千円札を次から次へと両替する三宅を見て、りつきは興奮している。受け口に一〇〇円玉が貯まると、横からりくが手を伸ばした。

「もらい！」

一〇〇円玉を鷲摑みすると、りくがＵＦＯキャッチャーに向かって走り出す。

「りくっ！　あかんやろうっ！」

りつきの声なんて聞いていない。りくの後ろを橋爪が走って追いかける。

「りつき、かまへん、かまへん。これ持っていって、伊丹のおっちゃんと好きなんやっといで。伊丹のおっちゃんはな、西淀川のゲームセンターでＵＦＯキャッチャーの達人て呼ばれてる名人やからな、のう伊丹？」

「はい、ＵＦＯキャッチャー９までは全てマスターしております」

寝ずにTikTokでUFOキャッチャーを相当、研究したのだろう。セミ取りのキャッチングも完璧だった。

三宅がりつきの手のひらに大量の一〇〇円玉を握らせる。

萩原は長椅子に座りながら、その光景を見ていた。

「おい！　くれない、お前もいっちょ、どうや？」

「すまんな、兄貴。有難うやで。先、ちょっとタバコ吸うてきてええかっ？」

「おうっ、行ってこい、行ってこい。その間にワシがりつきとりくのフィギュアをUFOキャッチャーで取ったるわいっ」

もう三宅を兄貴と呼ぶことに、違和感がなくなっていた。

三宅に背を向けて歩き始めた時だった。

地響きのようなドンという音と同時に、悲鳴が上がり振り返ろうとした時には、ドン、ドンッと続けざまに重低音が鳴り響く。

視線の先、両替機の前で、三宅がゆっくりとスローモーションにでもなったかのように崩れ落ちていく。

真後ろで、黒い帽子を深く被り白いマスク姿の男が拳銃(けんじゅう)を握ったままで、エスカレーターへ向かって走り出した。

「兄貴っ！！！」

萩原は叫んで走り出した。すぐに橋爪が萩原に駆け寄ってくる。

「ヅメ！　二人に見せんな！　すぐに雪乃のとこにりつきとりくを送ってこい！」

伊丹が「親分っ！！！」と叫び声を上げながら、崩れ落ちた三宅を抱き抱えた。

「伊丹！　救急車じゃっ！！！」

視界の隅に映る伊丹に向かって萩原も叫ぶ。

萩原は登りのエスカレーターを逆走しながら走って降りて行く男の背中を追いかけた。

六階から地下の駐車場に入ったとき、帽子姿の男が足を絡ませて、転倒した。萩原は転倒した男の顔面を蹴り上げて、後方に吹き飛んだ男の顔面に右拳を叩きこんだ。

顔面を押さえながら、男が拳銃を握った右手を構えようとしたので、すかさず左足で男の右手を蹴りあげる。

弧を描くように、男の右手から、拳銃が離れた。

「このボケがっ！！！」

左右の拳を男の顔面にめり込ませた。

男の帽子が脱げ、白いマスクが真っ赤に染まり、男がぐったりし出したときに、マスクを掴みとって、萩原はハッとした。

三宅組本部で、萩原に酒を注いだ男だった。
萩原の脳裏が真っ白に染まっていく。

17

丸一日、尼崎南警察署で任意の事情聴取を終えて、外に出ると視線の先、白塗りのレクサスLS460が止まっており、秀吉が運転席のドアにもたれかかりながらタバコの煙を燻(くゆ)らせていた。

「兄貴、ご苦労さん」

秀吉が助手席にまわり、ドアをあけてくれる。

助手席に身を沈めた萩原はシートを倒して、運転席に乗り込む秀吉につぶやいた。

「三宅の兄貴、即死やったらしいの……」

秀吉が短く「ああ」とこたえた。まさか三宅組がヒットマンを飛ばしてくるとは、予想外だった。

いや、松山のあのときの覇気のない表情を萩原は思い出していた。

「最後、りつきとりくのために一〇〇円玉に両替してくれてたんや」

「うん、ヅメから聞いた」

前方に視線を向けたまま、秀吉が応(こた)える。

「紙タバコあるかっ？」

黙ってセブンスターのソフトが差し出されて、口に咥(くわ)えると火のついたライターを秀吉が差し出す。

萩原は助手席の窓を全開にして、過ぎゆく街並みに紫煙を撒(ま)き散らした。

「島村のおっさんはなんて？」

「さっき、ツネだけ連れて、家族でディズニーシーに行った。一週間は帰ってこんようになってるから、兄貴の好きにやって問題ないで」

「事務所には？」

「全員そろとる」

「松山やの〜」

「間違いない、松山や」

萩原はセブンスターを深く吸い込むと、熱気いっぱいの外に向けてまた紫煙を吐き出した。

事務所に着くと、橋爪が外に出て待っていた。

「親分！　申し訳ありませんでした！　ただ、りつきにもりくにも気づかれずに、姐(ねえ)さんのところに送らせてもらいました。すいませんでした！」

「お前が謝るな。ご苦労さんやった」

事務所の扉を開ける。全員が立ち上がって、頭を下げた。視線の先、一人だけ、背を向けた男が立ちあがろうともしなかった。男が首だけで振り返った。

「こらっ、ハギ、ワシの迎えもこんとオドレはなめとんのかいっ」

赤城哲真（てつま）が険しい目を向ける。

「やかましい。出てきたんやったら、トイレ掃除でもしとかんかいっ」

「なんやと、こぅら〜っ」

細身で長身の赤城が立ち上がり、萩原の前で歩を止めた。

「ウチの客人が殺されたらしいの〜。えらい不細工なことしくさりやがって。はよ着替えて用意したらんかいっ。天空の客人が殺されてんど。さっさとケジメ取りにいくど」

「着替えてくるから、ちょっと待っとけ」

「オドレなんか死んでもなんの問題もない。ただ、ウチの客人が殺された。それだけやない。その現場にりつきとりくがおったんじゃ、判決は死刑じゃ」

赤城が鬼の形相を浮かべて、断言してみせた。

「お前ら全員、車まわせ。マツのアルファード、それから赤城の兄やんのセンチュリー、拳（けん）のベンツ、兄貴のレクサスで行くど。赤城の兄やんのセンチュリーはギンヤが運転せえ。向からは三宅組本部や」

秀吉の指示に集まった組員たちが、一瞬にして事務所の外へと飛び出していく。

「おい、ギンヤ〜道具つんどけよ。ほんまハギだけは、不細工なことしてきやがって。日頃からオドレはハジキを持ってへんからこうなるんじゃ」

と言いながら、赤城も事務所の外へとゆっくりと歩き出した。

18

【鳩(はと)を飛ばす】

鳩を飛ばすとは懲役用語の一つで、刑務所の中から社会へ、工場から違う工場へと、規律を破った伝えかたをする伝言のこと。刑務所の面会などでは立会担当が面会に立ち会い、交わされる会話を記入している。そのためこみ入った話などができないので、先に出所する人間やもしくは抱き込んだ刑務官などに伝言を託し、社会の人間に伝えてもらったりすることを鳩を飛ばすという隠語で表す。同じ刑務所に務めていても、工場が違えば話すことも顔を合わすこともないため、衛生夫や雑役と呼ばれる懲役を使って伝言を伝えてもらうこともある――。

日中は灼熱の日差しに焼け尽くされたコンクリートの舎房も、陽が傾くと日差しは和らぎを見せ始めるが、茹だるような熱帯夜の幕が開けることになる。

盆休みの最終日、点検を終えて布団を敷くと、一九時からのテレビが始まる時間まで、思い思いに余暇時間を過ごしていた。

萩原は敷布団の上で胡座をかき、向かいに姿勢を正して座るのりを見た。

「のり、覚えたな。ウチの本部に電話して、秀吉にギンヤの名前でヅメに銭と本を差し入れするように言うてくれ。それとすぐにヅメに電報打ってくれってオレがいうてるって、鳩たのんだぞ」

のりが真剣な表情で頷く。

「わかってます。ギンヤさんの名前でヅメちゃんには、社会に戻ってからのことは何も心配すんな、離れとっても一緒やど、の電報ですよね」

「おう、そうや、頼んだど。秀吉にヅメが東をどつき回したって言うたら、みなまで言わんでもあいつは分かりよる」

いくら秀吉と養子縁組が成立し、面会ができるようになったとは言え、刑務官の立ち会っている面会室で、こんなことを伝えることはできない。なので、来週に出所するのりに、伝言を託したのであった。

「でも、兄貴、シャバへの土産話に少しだけ差し支えなかったら、天空会の話を聞かせてもらっても良いですか？」

「あっ、それワシも聞きたい。兄貴はそういうヤクザの話は、あんまりしてくれへんからな～」

　敷布団の上でランニングシャツから刺青をさらけ出し、トランクス一枚で寝転がりながら、週刊誌のページをペラペラと捲っていた静本が顔をあげた。

　部屋の隅で敷布団を半分におり、小机の上で将棋をさしていたタケルと勝男も手を止めて、萩原を見た。

「オヤジ、自分も聞かせて欲しいっす！　なっ！」

　カンが好奇心を宿した目でアツに視線をやると、アツもピョンと起き上がり、爛々とした目を輝かせている。

「さてと、ババでもしよかな～。ババするけど、誰も便所大丈夫か～？」

　斉藤がボストンバッグを開けて、二五〇枚入りのちり紙を取り出す。どこの房でも大便をするときには、他の懲役に断りを入れるのが、懲役の作法の一つであった。

「こら、斉藤、これからせっかくオレが滅多にせんヤクザの話をのりのシャバの土産話にしたろう思ったのに、なんでお前はババなんか行けんねん。お前はそんなんやからいつまで経っても、歳だけ食って、なんの進歩もせんヤクザのまんまやねんど」

「兄貴、何ゆうてまんねん。ワシ兄貴と何年、二名独居で寝食を共にしてきた思てまんねん。また兄貴が実質、二代目の会長よりも偉い、あのおっさんはオレのお陰で会長なったただのお飾りや、ゆう話しまんのやろう。もうワシそれ何百回も耳にタコできるくらいは聞かされてまんがな、ババくらいのんびり行かせてくんなはれ」

いちいち話の腰をおるヤツだ。まあ良い。こんなヤツは一生、シャバでも使いっ走りをやっていれば良いだけだ。

「フンっ、お前にはもう聞かせてやるだけもったいない。どうせババとか言いながら、あたりやろがい。ほんま、お前はこんなクソ暑い中で、汗をダラダラ垂らしてあたりって、サルやないか。早よ、便所いきさらせっ」

あたりとは自慰行為のことで、一応、刑務官に見つかれば、陰部摩擦罪と言って懲罰の一つとなるのだが、そこは刑務官も人間だ。大抵は見て見ぬふりをしてくれる。

「兄貴、自分はシャバで、もちろん天空のヒットマンブラザーズのことは聞いたことがありましたが、天空の赤いバラの兄貴と並んで有名な赤い核弾頭の赤城の哲さんていう人は、今、大久保（神戸刑務所）に務められているんですよね。なんでみんな通り名に赤がつくんですか？名前の由来から来てるんですか？」

「赤いバラは、もう中学のときには言われてた。くれないの紅と萩原の原をバラにもじって、誰かが言い出したんや。

それにオレのケンカは美しいやろが。あげく血で真っ赤になるまでしばき上げてるうちにいつの間にかそれが定着して、中二のときには、担任までオレのことを尊敬の眼差しでそう呼んでたの〜。女やったし、オレに惚れてたんやろな。

ただな、こっからが大事なとこや、よう聞け」

萩原は一旦、言葉を切ると、扇いでいたうちわを止めて、声色を変えた。

「オレの場合は周りが勝手に言い始めた通り名や。でも育ちのすこぶる悪い赤城の哲は、あんなもん自称や。オレが赤いバラ、赤いバラって呼ばれるから、アホな頭を必死に振り絞って、ガンダムでも観とったんやろな。自分で赤い核弾頭とか、うるさいだけの拡声器とか訳のわからんことを言い出したんや。

中二のときの女の担任も、めちゃくちゃ嫌ってたしの〜」

「いやいやいやいや、天空の核弾頭ゆうたら、かなり有名でっせ」

静本が口を挟むと、萩原は顔をしかめた。

「何が有名じゃ。あれはただの社会不適合者や。ヤクザは、頭も使わずに、誰にでも噛み付いてたらええんちゃうんじゃ。ただな、アホにも特技は一応ある。赤城の哲は、ほんまにどうしようもないボンクラやけど、殺し専門担当や。あいつが殺る言うて、生きてたヤツはまだいてへん」

それは本当だった。赤城はどうしようもないボンクラだが、口で虚勢をはるようなことはなかった。赤城がゆわしてしまうと言えば、必ず行動にうつす男ではあった。

「それで、唯一、赤城の哲がタメロでも可愛がってんのが秀吉や。オレと赤城のボンクラが仲悪いから勘違いされてるけど、ヒットマンブラザーズはほんまは二人やない。赤城をいれて三人なんや。それとオレが強烈過ぎて、後の奴らは影が薄いけど、ウチは全員がややこしい。秀吉の舎弟のギンヤも、捲れてへんけど、お前らでも知ってるような有名な事件起こしてんどっ」

「えっ、ヒットマンブラザーズって、実は兄貴と秀吉さんだけやなくて、赤城の哲さんも入れて三人やったんですかっ!?　すげえっ！　でも年下やのに、兄貴にもタメロで話せて、秀吉さんは礼儀には滅法うるさいって評判の赤城さんにもタメロで話せるってのは聞いたことあるんですけど、凶暴秀吉の秀吉さんって、やっぱ通り名まんまの人なんですか？」

のりの表情は生き生きしていた。

「ウチは二代目体制になって役職なんもないけど、仮に組織を纏めなあかんてなったら、まとめられんのは凶暴秀吉かもしれんの〜。ただアイツもぶちギレたら、あかんからの〜。尼にチャイナが入ってきた時には、鉄のヌンチャクを持って、尼から撃退したのは秀吉やからの〜」

そのときだった。一斉に、各房のテレビが点きはじめる。

「よっしゃ！『火垂るの墓』を見て、今年も泣くど〜」

「『火垂るの墓』って、兄貴、毎年みてるやん。今年は裏番の教育が撮った映画見せてえや〜」

トイレから出てきた斉藤が不服そうな表情を浮かべ、入念に石鹸で手を洗っている。やはりあたりだったのだ。

「夏ゆうたら、『火垂るの墓』に決まっとるやんけっ、のう！」

もう全員、諦めきっているのだろう。異議を唱えるものはいなかった。

悪くなかった。

ただただ暑くて不自由しかない懲役の夏も悪くない。

萩原の顔が薄く綻んでいた。

19

先に本部から飛び出した天空会の組員たちが、出入口で足を止めていた。同じように歩を止めた萩原の視界にも、一台のシルバーのクラウンが目に入る。道路を挟んだ向こう側。シルバーのクラウンの前に二人の男。一人は恰幅の良い三〇代前半の男。その横に薄気味悪い笑みを顔面に貼(は)り付けたひょろひょろの男がクラウンにもたれかかっていた。

ひょろひょろの男。大阪府警四課の〝人攫(ひとさら)いのぬらりひょん〟こと江原だ。江原がこちらに向かって歩いてくる。

「どないしたんじゃ〜お前ら〜。首輪もついてへん野良犬がどこに行くんじゃ〜。んっ⁉ おう、赤城やないか〜。出てきたんかい〜っ。出てきたんやったら、いの一番にワシのところに挨拶(あいさつ)きたらんかい〜」

赤城がアスファルトに唾(つば)を吐き捨てた。

「何が挨拶じゃっ。まだオドレは息しとったかいっ。あんまり勘違いして淀川こえて、尼まで入ってきてたら、人攫いが反対に攫われてまうど〜っ」

「なんだとこらっ！　お前、大阪府警の暴力（四課の通称）なめてんのかっ！　おうっ！　こらっ！」

江原の横で仁王立ちしている若い刑事が鼻息を荒くした。赤城は目を細めて、腰に手を当てている。相変わらずのバカだ。刑事にハジキを抜いてどうしようと言うのだ。刑務所でこいつは一体、何を学んできたのだろうか。あいかわらず赤城の学習能力はゼロだった。

「おいおいっ、にいちゃん……。人様の本部前で何をでかい声出していきっとんねん。ここは尼やど。兵庫県や。さっさと、でんがなまんがなの大阪に帰らんかいっ」

「なんやとこらっ！」

歯軋りをする若い刑事を江原が窘めた。

「やめとかんかいっ、今、ワシが話しとんのに、何でお前が口を挟むんじゃ、ひっこんどけ。のう～萩原～」

若い刑事が即座に顔色を失い江原に頭を下げると、萩原に江原が薄気味悪い視線を向ける。

「そうや、物分かりええやんけ。お前もにいちゃんも分かったんやったら、早よ大阪に去にさらせ」

「お前、殺された三宅と一緒におったらしいけど、なんや三宅の子分になってたんかい～っ。大手組織の看板にしがみつくって、えらいお前、ウワサと違って政治的やないか～っ。どうや、ヤクザなんてやめて政治家でもなってみろや～」

三宅の舎弟になったことまで情報が抜けていた。脳裏に浮かぶ松山の表情。

「それも悪ないの。お前がそこまでお願いするんやったら、総理大臣なったる。選挙資金、今すぐ段取りせえ」

「フンっ、ほんまお前ら天空のもんは田舎者の礼儀知らずでかなわんの～。大川のもんの方が、よっぽど礼儀をわきまえたヤクザやっとんぞ。で、その礼儀知らずが、ヤクザの仁義もわきまえずに絶縁なった三宅のために、律儀に今から三宅の事務所にでも行って、仇討ちの相談かい～。ヤクザから仁義や掟なくしたら、半グレと一緒やぞ、ゴミクズどもが」

「こらっ、おまわりさん。たかだか警察ごときが悪ぶってよ、仁義やなんやって覚えた言葉をかぶれて使って酔いしれてたら恥ずかしいで。シャバやの、懲役やの言うてたら、真面目に育ててくれたオカンが、この子、警察官なって不良なってしまったって泣きよるぞ～」

秀吉が萩原と赤城の前に立った。もしも秀吉が萩原と赤城の前に身を乗り出すように立たなかったら、どちらかが江原の顔面の形を変えていたかもしれない。

「きゃっはははっ！！！　なんやデコスケ、お前マザコンやったんかいっ！　それやったら先に言え！　何が人攫いじゃ～。とっとと実家に帰って、オカン連れて出直してこいや～」

赤城の左手は腰から外れて、江原を指差しながら大笑いしている。

「このチンピラどもがっっっ……警部、全員、しょっ引きますか!?」

若い刑事がまたいきりたった。

「おい、にいちゃん。お前、今、オノレの上司から余計な口挟むな言われたとこちゃうんかいっ。サツはほんまにぬるい組織やの〜。ウチでそんなことしたら、指の一本や二本はハズレとんぞっ」

「フン、萩原。せいぜいほざいとけっ。オノレらが淀川を渡った瞬間に、全員、問答無用でパクったるからの。そうなってから、すいませんでした、って、泣き入れても知らんぞ。お前らんところの早々とガラをかわしてる島村にもようゆうとけ」

「アホか。心配すんな。ワシの出所祝いもまともにできへんヤツがガラなんてかわせるかいっ。なんでも見透かしてるような口調で喋(しゃべ)んな」

「なんやと赤城、ほんなら会長の島村はどこいったんじゃ」

「ここにおらんゆうことは、ワシが出てきたから、びびって飛んだんちゃうかいっ、のう、秀吉〜」

秀吉が苦笑いを浮かべたときだった。

電話の着信音が鳴り響く。赤城がズボンのポケットからiPhoneを取り出した。

このアホは出てきて早速、iPhoneの最新モデルを使ってやがる。出所あるあるの宝の持ち腐れの王道ではないか。

「おうっ！　どうした、おうっ、おうっ、わかった、今、デコが出所祝いでたずねて来とるから、また後で電話する、おうっ、おうっ」

赤城に視線が集まった。赤城は首をポキポキ鳴らすと、秀吉を見た。

「ひで〜ハギみたいな嫌われもんと違って人気者は辛いの〜。みなが出所祝いさせてください！　若い衆にしてください！　って電話かけてきよんや〜。今度から、ワシも芸能人みたいに、事務所通させなあかんの〜。まだ出所間無しで、なんや疲れた〜。ひで〜甘シャリでも食べさせてくれや〜。お前らはもう品のない大阪に帰れ、帰れ〜。おい、ギンヤ、ひでから銭もうて、ファミマ行って苺大福あるだけこうてこい〜」

そう言うと、道を挟むように向かい合っていた江原に背を向けて、赤城が本部の中に入っていく。それを見たギンヤが慌てて、ファミリーマートに向かって走り出した。

「こらっ！　テツ、誰が人気もんで誰が嫌われもんじゃっ！　おいっ、オレが許可したる！　あいつ引っ張って大阪府警の恐ろしさ教えたれっ！」

江原は萩原を見ようともせず、走り出したギンヤに視線を向けている。どいつもこいつも何も分かっていない。

「おい、まて〜」

江原がギンヤを呼び止める。

「なんやねん！　どう見ても抜き差しならん状況なん、わからんのかっ！」

「お前がギンヤか。楽しみにしとけよ。ウチの縄張り大阪で舐めたことさらして、事件が迷宮入りするなんてことは絶対にないからの」

「そうなん〜っ！」

叫ぶように返事するギンヤの姿は、もう小さくなっていた。

20

ヤクザマンションと呼ばれる一室のリビングには、三〇人からの男たちが所狭しと、両手を後ろ手に縛りあげられた男を囲んでいた。顔はもう原形をとどめていない。縛りあげられている男の名前は松山。三宅組で若頭を預かっている男だ。

「なあ〜兄貴。なんであんたは、親分を本家に売ってたん。あんた親分にようしてもらってたんとちゃうの〜？　それがなんで、長男のあんたが親分を売ったんや〜？　最期に遺言だけは聞いたるから、オレに言うてみいや〜。もうこれ以上はヤキ入れられんのも辛いやろう〜」

手の指は両手を合わせて、強力なキッチンバサミで五本千切っていた。松山は呻き声をあげ続け、リビングの隅では、顔を腫らした松山の運転手の戸川が泣きじゃくっている。

「じゅ……じゅ……じゅうぞう……お前、こんなことして……こんなことしてただで済むと思うなよ。親分は本家の跡目争いに負けたんや……。もう三宅組は一生、冷や飯やったんや……それを……それをワシがお前ら全員の……全員のこと考えて——グオッ」

伊丹が松山の顔面にガラスの灰皿を叩きつけた。

「親分を裏切って何を正当化しとんじゃっ！！！　オドレ優しい拷問しとったら舐めたことばっかり抜かしやがって！！！」

怒鳴りつけ、再びガラスの灰皿を振り上げた。

「オヤジあかんて！　誰が親分をゆわすように松山に命じたんか、吐かせて録音とってからみじん切りにせえって言われてんやろう！　そんなんで、バンバンバンバンバン殴ってたら、死んでまうって！！！」

幼稚園からの幼馴染（おさななじみ）、甲斐（かい）が振り上げた伊丹の右手を両手で摑んだ。

「ちぇっ！　兄貴、はよ言えや、本家の誰の差し金じゃい。それとウチの直参は誰が親分殺しに加担しとったんじゃいっ！」

「全員です！！！　叔父貴ら全員ですっ！　松山のオヤジに三宅の親分のタマ上げるように指示したんは、舎弟っ——」

プシューという空気が抜ける音が駆け抜けたかと思うと、戸川の額に穴が空き、どさっという音をたてながら、前のめりに崩れ落ちた。

「黙れ、カス。お前も親は死んでも売るな」

富岡（とみおか）のサイレンサーから薄い煙が立ち上っている。伊丹、甲斐、富岡の南中三羽烏。幼馴染の二人が伊丹をトップに両腕となり、伊丹会を支えていた。末端の半グレまで合わせると五〇人からの三宅組直系の三次団体。

「かあ〜っ直参全部って、ヤントの叔父貴もかいっ……」

伊丹は思わず額を押さえた。

山本昌太郎（やまもとしょうたろう）、通称、殺しのヤント。三宅組のために血も汗も流してきた男だった。最年少で三宅組の直参になり、そのまま懲役から帰ってきたあとに執行部入りした伊丹のことを、組長の三宅以外は誰も快く思っていなかった。

唯一の例外が、三宅組舎弟頭の山本昌太郎だった。

山本とは懲役でも同じ工場、同じ雑居房で寝食を共にした間柄だった。

行き腰も押し出しもよく、刑務官にも顔がきく。本来なら同じ組の懲役同士を同じ工場、同じ舎房に配役させることはまずない。それを山本が官と掛け合い、ゴリ押しで伊丹のことを引っ張ってくれたのだ。

気性の荒い伊丹が無事故で務めることが出来たのは、全て（すべ）山本と、工場を仕切っていた二代目天空会赤城哲真のお陰だった。ただ一度だけ、山本について、赤城が運動時間に批判めいた言い方をしたことがあった。

——十三（じゅうぞう）、よう覚えとけ。お前はまだ若いから視野がまだまだ狭い。人様の家のことを陰で言うんはあんまりワシは好かんねんけどな、ヤクザはお前が思ってるほど綺麗（きれい）な世界やない。

山本は面倒見ええように見えて、煮えたぎった野心を持っとんど。信用すんなとはゆわん。ただ、ワシが今、言うたことは忘れんな。三宅の組長のことを想うんなら、二心はないど――。

伊丹はゆっくりとiPhoneを取り出して、signalのアプリをタップした。

「ご苦労様です、兄貴。手短に、えっ？　サツですか？　分かりました。とりあえず愛媛で鯛が釣れました。今から、刺身にします。やっぱり鯛を釣るときの仕掛けはヤンモリがええ思います。失礼します」

電話を切るとため息をついた。

「オヤジどうする？　ヤントの叔父貴のガラもしゃくりにいくか？」

甲斐の問い掛けに応えようとしたとき、松山の嘆願がそれを遮った。

「すまん、ほんまにすまん！　許してくれっ！　全部、ヤントの叔父貴が本家のカシラと話してきて、親分殺して、ヤントの叔父貴が山本会として直参になることになってたんや！　すまん！　ワシは親分を……オヤジを裏切る気はなかったんや！　ヤントの叔父貴の口車にのせられてしもうた！　ほんますまん！　勘弁してくれ！　この通りや！」

崩壊寸前の顔面を松山がフローリングに擦りつけた。首を振り、短髪を金に染めぬいたジュンヤを見た。

「ジュンヤ、全部録音とったか？」

「うんっ。全部ムービー回してる」

ジュンヤは組員ではない。同じ団地で一緒に育ってきた三歳年下の幼馴染で、伊丹が面倒を見ている半グレ集団「スカイブルー」の頭だった。

伊丹は頷くと、ゆっくりと腰を下ろした。

「兄貴、顔あげえ」

恐る恐る松山が顔を上げる。

「親分も、カシラやらせてたあんたや一番信頼してたヤントの叔父貴に裏切られて、殺されたんや。さぞ無念やったやろう。兄貴は、親分殺して、ヤントの叔父貴がプラチナ（直参組員）になったら、時期見て内部昇格させてもらう話やったんかっ」

松山の砕け散ったような顔面が瞬時に硬直した。

「いや……そ……それは……あの……ヤントの叔父貴が……」

「もうええ、兄貴。醜いことゆうな。惨めは人の記憶に一生残るど。親分は死んでも死にきられへんやろ。自分の組のカシラと舎弟頭に裏切られて殺されたんやからな。でもな、親分はヤクザやない。その上の極道やってはったんや。ヤクザの裏切り裏切られみたいなそんなもん、覚悟のウチやったはずや。問題はそこやない」

手をサッと挙げると、甲斐がセブンスターを差し出した。セブンスターを咥えると、甲斐が火を差し出す。

「懲役で出先の舎弟にしてもうた赤い核弾頭は、口を開くと赤いバラの悪口を言うてた。それも毎日や。聞かされるこっちが呆れるくらいにや。ただ、こうも言うてたんや。あのアホに任せとったら、ワシがいくら懲役におっても娘のことは心配いらんてな。そこには絶対の信頼関係があった」

松山の怯え切った表情を見ながら、タバコを吸いつけた。紫煙は吐いたそばから儚く消えていく。そこから伊丹は声色を変えた。

「万が一や、オレが一番気にいらんのは、万が一や、あのとき、赤いバラの子供らに流れ弾があたったらって、オドレはヤクザやっててそんなことも考えられんかったんかいっ！　天空はな、大川ゆう日本で一番でかい組織の処分者を、それも手榴弾を放り投げてくるような絶縁者を、なんの躊躇いもなく匿って、一緒にケンカまでしようとしてくれてたんやぞ！　やれ、上に報告や！　やれちょっと時間をくれ！　とも言わずにや。昨日、今日、出会ったばっかりの親分のために、一万からの組織とケンカする気やったんやどっ！！！」

襟首を摑んで絞りあげた。そしてゆっくり手を外すとたち上がった。

「情けはかけたる。残った兄貴の家族には手は出さん。安心して死ね。それであの世に行ったら親分に詫び入れて破門されてこい」

吸っていたタバコを松山に手渡した。松山が震えた手でタバコを挟み、顔面からは洪水のような涙と鼻血を垂れ流していた。

松山がタバコを口元に持っていこうとした瞬間、また空気の抜けたようなプシューという音とともに、松山の顔面が弾(はじ)け飛んだ。

一瞬の静寂。

それをぶち破るかのような場違いな着信音。ディスプレイに浮かびあがる——ヤントの叔父貴——の文字。軽く目を瞑(つぶ)り、ゆっくりと目を開けると浅い咳払(せきばら)いをついた。

「おう〜アイゴー叔父貴〜愛してんで〜どないしましてん?」

もう伊丹の声色は一糸の乱れも見せていない。

21

——神戸刑務所。

入浴のない平日の晴れた日の運動時間。伊丹は黙々とグランドを走り続けていた。微塵の遠慮のかけらもない真夏の陽射しが、伊丹の身体を激しく焼き尽くす。

「お〜い！　じゅうぞう〜っ」

視線の先、でっぷりと太った身体には、首から足首までの刺青。どんぶり（首から足首まで身体の全部に刺青が入っていることの意味）姿の山本昌太郎が木陰に陣取り、手招きをしている。

伊丹は乱れた息を整えながら、額の汗をランニングシャツで拭い、山本にゆっくり駆け寄って腰を下ろした。

「よう走るの〜。ワシも若い頃は懲役に来たら筋トレしてバリバリ鍛えてたけど、もうこの歳や〜。還暦も過ぎたら、懲役で身体を動かすのは、あたり（自慰行為）ぐらいや〜ハッハハハハ」

伊丹の顔に、自然と屈託ない笑みが浮かび上がった。

「オレら若いもんがシャバ帰ったら、親分や叔父貴らのために汗かかせてもらわんとあかんので、のんびりなんて、できませんがな」

茹だるような暑さも木陰に入ると少しはマシに思えた。

「嬉しいこと言うてくれるの〜。兄貴が聞いたら涙流して喜びよんど〜。ええ務め方や〜。しっかり務めて、早よシャバ戻って、松山支えたってくれよ」

もう山本の出所まで三ヶ月を切っていた。

伊丹はまだおさまらない額の汗を指先でなぞりながら、視線をグランドに向ける。懲役たちがグランドで思い思いに運動したり、ソフトボールに興じたり、仲の良い者同士で、アゴに花を咲かせて、バカ笑いしていた。

「オレ、叔父貴には肚割って話すけど、松山の兄貴のことはあんま信用してませんねん。損得ばっかり考えて、器量がないというか、ええとこ付きするのが、どうも好きなれんねん」

「なんでやねん。あれはあれでええ俠ぞ。ワシや兄貴の時代はもう終わりや。組織の若返りはでかい組になればなるだけ大事やからの〜。これからは松山が先頭切って、お前ら若いもんがそれを支えて連合のためにやっていかなあかんのや」

「なんや三宅組も代替わりかい〜」

振り返ると、含んだような笑みを浮かべた赤城哲真が立っていた。伊丹の表情がパッと明るくなり、立ち上がる。

「兄貴、お帰りなさい〜。面会どうでした？　みずきちゃんも元気されてましたかっ？　こっち座ってください！　こっちのほうが日陰なってて涼しいですよっ！」

伊丹が山本の横の木陰をさっと空けると、山本がでっぷりとした身体を浮かして腰を上げる。

「懲役で娘はんの面会は何よりの励みなりまんな〜。それにしても天空会はしっかりした組織ですわ。尼から大久保（神戸刑務所）まで、毎月、娘はんを車に乗せて、面会の送り迎えをキチッとやりまんねんもんな。ウチなんて、兄貴がガタくれやから、そんな細かなところまで気がまわりまへんねん〜。赤城はん、こっち座っておくんなはれっ。ワシちょっと用便行ってきますわ〜」

山本がでっぷりとした身体をゆっさゆっさと揺らしながら、グランドの隅に設置された仮設トイレに向かって歩いていった。

その背中に何も言わずに細めた視線で一瞥くれると、「フンっ」と言いながら、赤城が腰を下ろした。工場に配役された時から肌でなんとなく感じていたことなのだが、赤城は山本のことをどこかで嫌っているように見える。

「懲役の面会も善し悪しやど〜。娘は年ごろなってきて、別れた嫁みたいに小言ゆうしの。萩原のアホだけは、シャバにおんのにだら〜っとヤクザやってるだけやしの〜。あいつの話を面会でみずから聞くだけでも気が悪いわい〜」

また始まった。萩原紅、赤い薔薇(ばら)こと天空のヒットマンブラザーズの一人だ。赤い核弾頭の赤城と並んで、関西のヤクザ業界では誰しもが知るほど、有名な名前だった。赤城はいつも口を開くと萩原の文句を口にしていた。

「でも兄貴、ウチの山本の叔父貴も言うてたように、天空会って組織はしっかりした組織っすよね〜。なかなか毎月、毎月、中に務めてる組員の面会のために、車と運転手出して、送り迎えなんてできませんよ」

「フンっ、そんなもん当たり前やんけ。実質、ウチで一番偉いのは、二代目の島村のおっさんやない、ワシや。偉さで言うたら、初代の親分とワシがほぼ五分に近かったからの〜。そんな偉い人が懲役務めとんねん。ほんまやったら、一番下っ端の萩原のアホがみずから運転してこいゆうねん、ちゃうかっ？」

伊丹は赤城の飾らない口調が好きだった。やれ、ヤクザはこうだとか、やれ、極道とはこうだ、筋はどうだのと間違っても口にしない。好きなことを口にしながら、笑いながら懲役を務めているのだ。

自分からだった。気がついたときには伊丹は、赤城に「兄さん、オレを出先の舎弟にしたってくださいと頭を下げてお願いしていたのだ。

「兄貴、びびりますって。赤い核弾頭の面会のために赤いバラが運転手で来てるって聞いたら、官（刑務官）もひっくり返るって〜」

「なんでやん。萩原は下っ端やからしゃあないやんけ。でもな、あのアホに任せとったら、ワシがいくら懲役におっても娘のことは心配いらん。アホやけどな。

でもお前、山本のおっさんのことどう思うとんねん」

伊丹は赤城の言葉の意図が分からずに首を傾げた。

「どうって、この工場に配役できたんも叔父貴のお陰やし、だからこそ兄貴の舎弟にもなれてんから、そりゃ感謝してるよ」

赤城は「ほうか〜」と言いながら、鋭い目を細め、意味深な表情を作ってみせた。

「三宅の組長のことは好きか？」

「もちろんやん。オレはヤクザなんてどうでもええし、親分がもし引退でもされたら、オレも秒でヤクザ辞めるもん」

赤城は常に人を見下した表情を浮かべている。口にする言葉もだ。だが、赤城と接していくうちに分かったことがあった。赤城は常に本音を口にしていない。だが、時折見せる真顔のときには、何らかの核心めいたことを口にするのだ。赤城の顔色が一瞬だけだったが、真剣さを帯びる。

「ほなら、十三、よう覚えとけ。お前はまだ若いから視野がまだまだ狭い。人様の家のことを陰で言うんはあんまりワシは好かんねんけどな、ヤクザはお前が思ってるほど綺麗な世界やない。山本は面倒見ええように見えて、煮えたぎった野心を持っとんど。信用すんなとはゆわん。ただ、ワシが今、言うたことは忘れんな。三宅の組長のことを想うんなら、二心はないど」

交錯する視線。赤城と山本は決して仲が悪いわけではない。山本が一五歳も年下の赤城に対して、二歩も三歩も下がって接している。赤城は誰に対しても毒舌だが、山本には他の懲役とは違い最低限の敬意だけは払っているように見えた。だが、赤城は山本のどこかに胡散臭さ(うさんくさ)を感じているのだろうか。

「五分前っ！！！」

工場担当がハンドスピーカーで怒鳴り声を上げる。

「おいっ、十三〜。担当にババしてくるから、ちょっとまっとけ言うとけ〜」

のんびりと立ち上がり、仮設トイレに向かって歩き出す。

「兄貴、あかんて！　ええ加減にせな、オヤジブチ切れて、事故落ちするっててっ！！！」

伊丹は笑いながら、その背を追いかけた。

――スタイリッシュな和モダンの割烹料理屋の個室。三宅の行きつけの店だった。伊丹は目を瞑って、懲役での日々を思い出していた。

確かあの時も、今と同じように焼きつくほどの陽射しの厳しい夏の終わりだった。

回想を遮るように、目の前の襖が開け放たれる。

ゆっくりと目を開けた。でっぷりとした体軀の山本がハンカチを首筋にあてながら、入ってくる。

「すまん、すまん、遅れてもうた。しかし大変やど〜、兄貴が殺されて、カシラが行方不明って、三宅組もいよいよ終わってまうがな」

それがお前の望んだ結果ではないのかと今にも口から飛び出しそうな言葉を呑み込み、山本が上座に腰をおろすのを待って破顔した。

「アイゴ〜叔父貴〜会いたかったで〜」

会いたかったのだけは本当だった。

22

【サムライ工場】

サムライ工場とはヤクザものや荒くれ者が多く集まる工場のこと。サムライと呼ばれる工場の刑務作業は、別名「金属」とも呼ばれ、鉄板やステンレスなどを溶接し、加工品などを制作している。懲役の作業の中では、受刑者の三度の粗食を作る炊場と並んで重労働となる。サムライ工場では集団形成と呼ばれる舎(しゃ)(グループ)となる派閥が存在し、揉(も)め事や工場の覇権争いが日々絶えない。これをたとえてサムライと呼ぶ――。

いつもと変わらない刑務所の朝。舎房から廊下に整列し、「指先！」と怒鳴られながら工場に出役すると、安全教訓が読み上げられ、ラジオ体操が終わると、正担当の水澤の訓示となる。

「まだまだ暑い日が続くが、今日も一日事故のないよう作業するように、分かったな。おい、則本（のりもと）」

二列に並ばされ、いつものように水澤の訓示を聞かされていると、のりの名前が呼ばれ、「はいっ！」と声を張ったのりが水澤の横に並んでたった。

「お前らも知っての通り、今日で則本は上がりや。いつも言うけど、ええか、立つ鳥跡を濁さずやぞ。最後やからって、おい仕事して帰れ！　とか言ってタマを飛ばしたりすんなよ、分かっとるな！」

水澤はじっと萩原を睨（にら）みつけるように見ている。

バカではないか。飛ばすならば、わざわざ工場からの引込みの日に飛ばさなくとも、タマを詰めているに決まっているではないか。それにタマならば、のりを使わなくとも、他にも何発ものタマとなる懲役を常備している。

萩原は「フンっ」と言って顔を背けた。

「よしっ、則本、一言みんなに挨拶して帰れ」

静まり返った工場内で水澤の横に並んで立つ、のりの表情は少しばかり赤みがかかり、硬直しているように見えた。

「えっと、オヤジ、みなさん、五年七月本当にお世話になりました！　特に萩原さんにはよくしていただき、無事にこうして無事故で務め上げることができ、感謝しております！　自分は一足早くシャバへと帰りますが、みなさんもお身体にだけは気をつけて大事に務めてください。またシャバで会えるのを楽しみにしています！　有難うございました！」

拍手が巻き起こり、「よっ！　将来の大川の星！」と静本が一つも面白くもなんともない合いの手をうって、失笑を独り占めしてみせた。

それからわずか一〇日後のことだった。

監獄法が改正され、大阪刑務所では出所者以外のシャバの人間とならば、誰とでも手紙のやりとりが可能となっていた。

工場で受信の指印を捺した萩原が斉藤と同居している二名独居に戻ると、水澤が食器口から手紙を差し入れてきた。その時の水澤の顔が心なしか、寂しそうに見えて、瞬時に嫌な予感が迫り上がってくる。

「おっ、のりの嫁さんからやんけっ」

手紙を受け取り、封筒を裏返すと、則本郁子と記されていた。

「あいつ〜自分で書いても出所時交付になるから、嫁さんの名前で手紙書いてきよったな。やっぱりあいつはしっかりしてまんな」

封筒から便箋を取り出しながらも、嫌な予感は確かにあった。のりには秀吉に連絡を入れて、橋爪に現金と本の差し入れをするように鳩を飛ばしていたが、それが終われば、偽名で手紙を書いてくることになっていた。なぜ、嫁さんの名前でアイツは手紙を寄越したのだろうか。

「早く、兄貴、読んでワシにも読ませてくんなはれ！　アイツ出たら、その日からヤクザごとやる言うてたから、今頃、自分の親方のハンドル握っとんのやろな」

横でくっちゃべる斉藤の声が遮断され、水澤が少し寂しそうな表情を浮かべた意味を萩原は理解した。工場担当は検閲が終わって、工場ごとに配られる来信に目を通している。

便箋を持つ指先が微かに震え出していた。そして、盆休みの最終日、雑居房でのりと最後に交わした会話が甦る。

「ええか、のり。シャバは暴排条例で冷え切って、シノギもかけれんとアホどもは言うとるけど、オレの生きてきた経験上、儲かって儲かってしゃあないなんて時代は聞いたことも見たこともない。みんな、これが一〇年前やったらな〜みたいなことばっかり言うとるやろう」

向かい合って座るのりが神妙な顔つきで頷く。

「結局、そういうこっちゃ。いつの時代でもヤクザやろうがカタギやろうが、うまくやってるヤツはうまくやってるし、しょうもないことしかせん奴は、しょうもないことしかしてへんねん。そりゃ確かに暴排条例が施行されてから、ヤクザが多少は生きづらなってんのは事実やろうけど、そんなもん、ヤクザやってんねんから、覚悟の上やんけ。ちゃうかっ」

「はいっ。兄貴の言われるようにどんな世の中やったとしても、堂々と代紋もって胸だけはしっかり張って生きんのがヤクザや思います。だから自分は出てゆっくりなんかせず、その日から組のためにヤクザごとやって、ウチのオヤジを本部の執行部に自分が――」

萩原がのりの熱を帯びた声を遮った。

「ちゃうちゃう、肩に力を入れんな。なんせ、お前も未決（拘置所）あわせたら、六年はシャバから離れとんねん。そのブランクを一気に取り戻そうとしたら、絶対に空回りして、うまくいかん。だから、なんせ焦んな。焦らんと嫁や子供とまずはゆっくり過ごせ。銭が回らんでもや。とにかく焦んな」

「はい。でも兄貴、ウチの嫁には出た日から事務所のことやるからな、って言うてあります。だから大丈夫です！」

のりは明らかに意気込み過ぎていた。萩原はのりに一抹の不安を感じていた。

「そうか、まあそれやったらええ。それでどうや、今度の懲役は楽やったんかい？」

「いや～前刑の京都がバリバリのサムライでごっつい舎もきつくて苦労したんですけど、今回は兄貴のお陰で、初めて懲役を笑いながら過ごすことができました。兄貴、ほんまにお世話になりました！　自分は口だけの男じゃないんで、シャバでも宜しくお願いします」

あの時、のりは漲るような力強い表情をしていた。シャバへの希望を抱いている者の顔つきだった。それを思い出せば思い出すほど、萩原の胸はぎゅっと鷲掴みされたような感覚に陥ってしまう。

初めまして——から始まる手紙は、いつも大抵、哀しい手紙だ。

——初めまして。中では主人が大変お世話になり、ありがとうございました。則本の嫁の郁子と言います。

帰ってきた日こそ、あれをする、これをする、と言っておりましたが、翌日から急に塞ぎこむようになり、帰ってきてまだ四日しか経っていないのに、昨日、自宅で首を吊って、亡くなってしまいました。

——兄貴がシャバに帰ってくるまでは、貧乏してでも石に齧りついてでも待っとかなあかんからな、お前もそこを頭に入れとけよ。もしオレがパクられたりしたら、事務所よりも先に兄貴に手紙をお前が書くねんぞ。すぐにお前にも帰ってきたら紹介するけど、兄貴は別格やぞ！

——自殺した前日に急にテンションが上がった主人が、ビールを呑みながら、ずっと萩原さんのことを自慢していました。ごめんなさい。まだ気持ちの整理がついていなくて、意味のわからない手紙ですみません。でも本当に中で主人がお世話になり、有難うございました。暑さが厳しい日が続いております。どうぞ兄さん、ご自愛されてお務めください。

郁子——

二段ベッドの上で、天井を眺めていた。のりは中で自分が思い描いていた、シャバと現実のギャップにとりこまれてしまったのだろうか。気負ってシャバへと帰っていくのりの姿は危うさを宿してしまっていた。

「あいつ……魔がさしてもうたんやろな……」

二段ベッドの下で、のりの嫁の手紙を読ませていた斉藤がぽつりとつぶやいた。

「アホか、お前は。ヤクザやっとんねん。のりが自分で決めて選んだ道じゃ。全部、あいつはあいつで覚悟の上じゃ……」

と自分自身に言い聞かせるようにして口にした萩原の言葉も、虚無感で満たされていた。

23

本部事務所の中に戻ると、組長席に脚を放り上げて座る赤城に向かって怒鳴り声をあげた。

「こうらっ！　テツ！　何をぼさっとしとんねん！　お前、サツが来たからって撤収かいっ！　三宅の本部にいかんのかいっ！　ほんまお前はサツぐらいで寒がりやがって！　そんな懲役がいややったらカタギにならんかいっ！

もうええ、お前みたいな準構成員なんておるだけ迷惑じゃ！　おい、秀吉、車回せ。三宅の本部行って松山のタマをオレがきっちりあげてきたる！　大川やろうが懲役やろうが上等やんけ！　赤いバラの前で舐めたことさらしたら、どうなるか刻んできたらっ！」

戻ってきたばかりの事務所から再び背を向けて、外に飛び出そうとしたとき、赤城の生理的に受け付けない声が萩原の足を止める。

「おいコラ～チンピラ。お前も偉なったもんやの～。どこなと好きなとこいきさらせ～。お前は金輪際、天空とは関係がない。今日付で破門じゃ～。おいマツ、このチンピラの破門状作って、全国の各組織にファクスで流せ～。いちいち印刷なんかすんなよ。手書きや、手書き～。

手書きで破門状作って、大川の本家にも流したれ〜っ」

歯軋(はぎし)りをしながら振り返った。

「なんやとこら！　ぼけっ！　お前は懲役から帰ってきたばっかりでボケとんかっ！　天空の組員を生かすも殺すも決めれんのは、実質、一番偉いオレだけじゃ！　なんで準構成員のお前が決めれるんじゃ！」

「どっちも決めれんて〜。ウチの人間を処分できんのは、島村のおっさんだけやて」

秀吉が口を挟み、赤城に視線を振った。

「どうしたんテツ兄(にい)、行かへんの？」

事務所の中にいる天空会組員の視線が赤城に向けられた。その光景を見るだけでも萩原には苦々しく感じられる。赤城なんて何の役にも立たないムショぼけのくせに、これでは、まるで天空会を仕切っている中心人物のように見えてしまうではないか。

「ヒデ〜頭のええお前が何をゆうとんねん。三宅に乗り込んで何すんねん。さっきの電話の会話で気づかんかったんかい〜」

「もしかして、誰かがもう松山ゆわしてもうたん？」

「おう〜っそうや。お前もそこの処分者も、三宅の組長と一緒におうたやろう。ワシが中で縁やった三宅の伊丹や。あいつが松山をもう切り刻みよったわ〜。ほんまそこの処分者がぼけ〜

っとヒネでアゴ取り（事情聴取）しとるから、出遅れんのじゃ〜ぼけが〜っ」

伊丹十三。三宅の護衛で萩原の自宅に泊まりに来た男。三宅組の行動隊長だ。たった一日しか見ていないが、三宅に対する忠誠心や身のこなしは、ヤクザとしても秀吉クラスだった。

「なんやとこら！　オノレだけは懲役でまた何も学ばんと帰ってきやがって！　もう一回、懲役行って口の利き方から勉強してこいっ！」

萩原が組長席に座る赤城に向かって躍りかかると、赤城も素早い動きで立ち上がる。

「処分者がクーデターを起こす気かいっ！　上等やんけ！　ワシの留守中に不細工ばっかり晒（さら）しよって、尼から叩きだしたらっ！！！」

摑み合いが始まると一斉に、天空会の組員たちが萩原と赤城に殴られながら、止めに入る。

視界の隅で頭を抱える秀吉。それは赤城が社会へと復帰したことを実感させる天空会のあるべき姿だった。

「はっ、はっ、はっ……テツ兄！　苺大福買ってきました！　はっ、はっ、はっ……」

息を切らしたギンヤが事務所に入ってきて、コンビニ袋を掲げている。

「そんなもん後にせんかいっ！」

萩原と赤城が同時に叫び、一瞬、全員の動きがとまると、「何をハモっとんねんどチンピラがっ！」と萩原が赤城の顔面にアイアンクローをすれば、「オドレは常にワシの真似（まね）ばっかりしくさりやがって！」と、赤城が萩原の顔面を引っ掻いた。

組長室の応接セットで向かい合って座る赤城が「おう、わかった、また終わったら連絡くれ、おうっ」と言って電話を切り、手に持っていた苺大福を頬張った。

「チッ、懲役で甘シャリに飢えて出てきた途端に恥じらいもなくまんじゅうを頬張るって、お前は初犯で務めてシャバに帰ってきた子供か」

組長室の中には、萩原と苺大福の粉を撒き散らしながら頬張る赤城。そして萩原の横に座る秀吉の三人だけだった。あとのギンヤを含めた組員たちは、隣りの当番室で待機している。

「テツ兄、伊丹ちゃんなんて？」

ペットボトルのコーラで口の中の苺大福を飲み流すと、おしぼりで口を拭い、拭ったおしぼりを後ろに放り投げた。

「カ～ッ、やっぱり甘シャリ食べて、炭酸飲むとシャバに帰ってきた気がすんの～」

「どういう組み合わせやねん。気持ち悪い。お前は育ちが悪すぎるんじゃ。大福とかまんじゅうは熱い緑茶で甘味を味あわんかいっ」

萩原が苺大福と炭酸という組み合わせの悪さに、軽蔑した視線を赤城に向けた。

「アホか。お前みたいなシャリ上げして天空の看板に泥だけ塗って帰ってくる恥さらしとは務め方が違うんじゃ」

　と言うと、赤城が秀吉を見て口を開いた。

「三宅殺しの黒幕は、あそこの舎弟頭のヤントや。こいつもワシは懲役で一緒の工場やったからよう知っとるけど、クソがつくほどの野心家や。三宅の組長の一番最初の舎弟やったらしいから、組長も目が曇ってその野心を見抜けんかったんやろな。ただ、三宅殺しの口実を作ったんは、他でもない。オノレやど」

　秀吉から萩原に視線を振る。

「なんでオレやねん！　オレが何してん！　いくらオレが尼いちゃ言うても、ヨソの家の事情になんでオレが関係してくんねん」

　赤城の目つきが鋭く尖ると、萩原に一瞥をくれて、秀吉を見た。

「ヒデ、あらかたは十三から聞いたけど、お前ら島村のおっさんが、カシラの松山が面倒みてた半グレかなんかにマンガに（虚仮に）されて、そのチビらにヤイトし（灸をすえ）にいったんやろ」

　阪神尼崎の駅前で、島村がツネをつれて日課のウォーキングをしていた時のことだ。それで頭に血を昇らせた島村からヒットマンブラザーズに出動命令がかかり、翌日に萩原と秀吉の二人で半グレがたむろしているコンビニに行くことになったのだ。

「その時にオドレ、ハジキつこうとるやろ」

「それがどないしてん。なんでそれと三宅の兄貴殺しが関係すんねん」

「その一部始終を松山がヤントに報告して、ヤントが大川の阪神ブロック長に足元すくうために綺麗に報告しとんねん。それを大川のカシラおるやろう、木焼とかいうの。それが大事にして問題視したんや。仮にも大川連合の本部長やってる三宅組の関係者が身体にマメを撃ち込まれて、カエシもせんてどういうことや、って三宅の組長に電話で言うたらしいど」

「それで三宅の叔父貴がブチギレて、誰にゆうとんねん、て大川を割って出ることになったんかっ」

秀吉の言葉に頷きながら、ペットボトルのコーラを赤城が一気に流し込む。

「カ〜ッこの刺激〜たまらんの〜ゲップ」

吐き気がするほど、下品な男だ。

「で、ハギ、どないするんじゃい。十三は、ヤントと今からおうてエンコを二本外さすゆうとんど。一本は三宅の墓前に、一本はお前に持参して、手仕舞いしたいゆうとるけど、お前はどないやねん?」

萩原は少し思案したあと、口を開いた。

「ヤクザのケンカの理由なんて、所詮は理屈でしかあらへん。そんなんはどうでもええ。その後に三宅組がどうなろうと知ったこっちゃない。ヤントかなんか知らんけど、そいつの指でおさめて欲しいってゆうなら、オレの気に入らんとこはそれでおさめたる。ただな、ヤントがヤクザをこれからも続けて、三宅の残党引き連れて、大川の直参に昇格すんのは、兄貴が浮かばれん。そいつがカタギなったら、この話はしまいでかまへん」

「兄貴の言う通りや。それで済んで手仕舞いや。テツ兄もそこでかまへんやろ？」

赤城はまた苺大福の封を捲り始める。

「木焼ゆうのがウチに仕掛けてきたらおもろなんのにの〜」

赤城の目つきは、いつもの人を小馬鹿にした目つきに戻っている。

「よっしゃ、ほんなら島村のおっさんに報告してくるわ〜」

秀吉がソファから立ち上がる。

「あんなんにいちいちお伺い立てる必要なんてどこにあんのじゃい」

と萩原が言えば、赤城も、

「天空で一番偉いワシが帰ってきてんのに放免もせんて、組を割るつもりかっ！　てカマシ上げとけ」

と罵（ののし）った。

24

神戸刑務所から出所してすぐだった。

「今日付でお前は三宅組の行動隊長や～。ウチは超がつくほどの武闘派や。そこの行動隊長ゆうたらケンカばっかりや。覚悟しとけよ、アッハハハハハ」

伊丹が三宅からそう言い渡されたのも、この割烹料理屋の個室だった。

山本がネクタイを緩め手にしたグラスに、「片手ですんません」と断りをいれ、瓶ビールを注ぎ込む。

山本は一気に飲み干すと、苦い表情を浮かべた。

「しかし困ったど。松山がなんで連絡つかんのや。あいつがゼニに詰まってたゆう話も聞かんし、どないなっとんねん。ほんまおかしいどい」

伊丹は笑みを浮かべて、手酌で瓶ビールを自分のグラスに注ぎこみながら山本を見る。

「叔父貴、カシラもやる時はやる男やで～。地下に潜って、連合の総長かカシラの木焼でも狙(ねろ)てんのちゃいまんの。なんせウチは今、一万からおる大川連合と抗争中でっせ。カシラやねんから殺されててもおかしありませんやん。天下に響くヤントの叔父貴や。叔父貴も血が騒ぐんちゃいまんの?」

山本が表情を慌てさせた。

「お、お前、バカタレ。何をでかい声で嬉しそうにゆうとんねん。さっき本部長の高橋とも話してきたところやけど、本家には詫びを入れてしまいじゃ。ことをこれ以上、荒立てるようなことをでかい声で言うな。

それにお前、何を嬉しそうにしとんねん、アホか。お前は知らんやろうけど、ブロック長の文春の叔父貴が間に入ってくれて、ワシらみんな本家に戻してもらえるように今、調整してもうとるところや。間違ってもお前――」

山本の声を遮った。

「オレな、叔父貴のこと大好きやってん。豪快やし、親分が怒ってても、なんでも叔父貴が親分に取りなしてくれて、親分の溜飲を下げさしてくれたやん。親分も叔父貴のゆうことだけは、ヤントが言うならかまへん、お前ら代貸(舎弟頭の呼び方)に感謝せえよって、ようゆうてはったもんね」

「まあ、まあの、ワシと兄貴は、この稼業にゲソつけた時からずっと一緒やったからの……」

山本の空いたグラスに瓶ビールを注ぎこんだ。

「でも、神戸で叔父貴と務めてる時に、赤い核弾頭に言われてん」

山本が眉間に皺を寄せた。

「何をや？　あんなもん中やからでかい顔できてたけど、シャバやってみ。使いもんなるかいっ。極道ちゅうのはな、自分の好き勝手やってたらあかんのや。調和をもって、真っ直ぐにやな、任侠道を邁進せなあかんのや。あんなもんただの愚連隊やないかい」

それには応えず、伊丹は話を続けた。

「ヤクザに二心はないってな。その時は何をゆうてんのかようわからんかったけどや、今はその意味がよう分かるわ〜。

ところで叔父貴、高橋とどんな話したか知らんけど、オレも三宅の執行部の人間やで〜。大川と和解するとかゆう話を進めるんやったら、なんで緊急幹部会でも開いて、オレの意見も聞いてくれへんの？」

「お前はほんままだまだ若いやっちゃの、だからやないけ！　カシラに連絡つけようとしてんのに、つかへんのやないかっ。それをさっきから嬉しそうな顔しやがって。ええか、あのな――」

「ヤクザに年が関係あんのかい」

伊丹が声色を変えた。山本の険しげな表情がさらに険しさを増す。

「お前、何をゆうとんねん」

「叔父貴、オレは色々と考えた。オレなりにな。叔父貴も親分のもとに行かせて絶縁にしてもうて、オレは本家相手にやれるところまでやったろうかな、とか。オレが三宅の残党全員、力ずくでもまとめあげて、二代目三宅組として一本で行こうかとかな。でもやっぱりオレは叔父貴も好きやから、黙って逃げ道だけは作ったることにしてん」

山本の表情が困惑に支配される。伊丹は腰に差していたドスを抜き、テーブルの上に放り投げた。

「お、お前……何さらし……」

「叔父貴、二本エンコ叩け。小指ちゃうで、親指やど。一本は親分に対するケジメや。もう一本は天空に対する詫びや。それでカタギなれ。それでオレも辛抱して見逃したる。二四時間以内に関西から出ていけ」

「お前！　どチンピラが誰にものゆうとんじゃっ！　舐めとったら――」

山本の視線が、伊丹が突きつけた銃口に突き刺さった。

「なんで叔父貴、親分を裏切ったねん。そんな本家の直参になりたかったんかい。ずっと親分は叔父貴のこと信用してたんちゃうかい。そんなに本家の座布団に座って、自分も親分、親分て言われたかったんかい？　ゆうてみんかいっ」

「お前は何もわかってへん。兄貴はな――」

伊丹が立ち上がり、山本の言葉を怒声で掻き消した。

「オノレが策士ゆうことくらいは分かっとるわいっ！　オノレこそ長い間ヤクザやっとって、親殺しがええか悪いかもわからんようなったんかいっ！　何が極道じゃっ！」

今にも指をかけた引き金を引いてしまいたい衝動に駆られてしまう。伊丹の怒声に背後の襖が開け放たれた。山本の顔色が血の気を引いたように真っ白く青ざめていく。

「オヤジ、ここは親分が懇意にしてた店や。ここでは絶対に音鳴らしたらあかん」

隣の個室で待機させていた甲斐と富岡が入ってきた。甲斐は伊丹の手から拳銃を奪いとって、伊丹の右前横に腰を下ろし、富岡が左前横に荒々しい仕草で座り、片膝を立てた。

「そうやど～オヤジ～。弾くんやったら、ワシにまかしたれよ～グボッ……」

一瞬のことだった。富岡の額に空洞ができたかと思うと、目を見開いたまま、ゆっくりと前のめりに崩れ落ちる。銃声の先に首を振ると、今まで見たこともないような表情をした甲斐が、伊丹から取り上げた拳銃を鳴らしていた。その銃口が崩れ落ちた富岡から、伊丹に合わせられる。

「か……甲斐……」

それは信じられない光景だった。甲斐が富岡を撃ち殺し、今度は銃口を自分に向けているのだ。

「クックックックッ……だからゆうたやろがい、お前は何も分かってへん、ただのアホやて」

肩を落とし青ざめていたと思っていた山本が、ぞくぞくっとさせるような不気味な笑みを浮かべている。

「ずっと気に入らんかったんじゃい！　いつもいつも偉そうにばっかりしやがって！　なんで同級生のオレがお前のことをオヤジなんて呼ばなあかんのじゃい！　オレは富岡みたいな脳足りんとちゃうじゃ、こら！」

甲斐が怒声を張り上げると、伊丹の後頭部に鉄の固まりのようなものが押し付けられた。

「こうら、伊丹〜。お前はさっきワシを呼び捨てにしてへんかったか？　おう、お前の大好きな大好きな三宅から、ワシの決めた序列やど、座布団は大事にせんかいって言われてたんとちゃうかい、おうっ」

背後から鼓膜に雪崩れ込む甲高い声。振り返るまでもなかった。三宅組本部長の高橋だ。

「いつまでぼさっと突っ立ってんねん。死ぬ前に遺言くらいは聞いたるから正座して座らんかい……」

と山本が伊丹に言った瞬間に、山本の顔つきが変わり、背後から後頭部に拳銃を押し付けていた高橋が悲鳴をあげて、伊丹の真横に吹き飛んだ。咄嗟に振り返る。ヌンチャクを握りしめた男。ヒットマンブラザーズの若菜秀吉。

「おいそこのちんちくりん、その引き金を引いたら、顔面ざくろなんど、兄ちゃん〜」

秀吉の後ろから入ってきて、そのまま固まった姿勢で拳銃を構えたままの甲斐の後頭部にショットガンを押し付ける男。赤いバラの萩原紅。

「おいおいおいおい、ここは裏切り者の巣かい〜。久しいの山本〜相変わらずの野心丸出しかい〜っ」

萩原の後ろからさらに入ってきた男、赤い核弾頭、赤城哲真。

「あ……兄貴……」

熱いものが込み上げてきて、目前が霞む。霞んだ視界の先で、赤城が伊丹に頷いてみせた。

25

【満期】

満期とは刑を全て中で務め終えることをいう。刑の満期の翌日が出所日となり、刑を全て清算し、日付が変われば、満期の翌日の二四時間以内ならば、何時に刑務所から出所させても構わない。逆に言えば、刑期を務め終えた翌日中には、刑務所から社会に帰さなければならない。事故落ちが多いもの、身元引受人がいない懲役は、仮釈の恩恵を受けることができないのだが、その他に仮釈放の規定として、現役の組員は組織から脱退しない限り、いくら無事故無違反で事故落ちなく真面目に務め、身元引受人がいても仮釈放の対象外となる——。

工場にある食堂の中は、昼食が終わり、思い思いの丸椅子に座って、それぞれが会話を弾ませていた。ただ一番テーブルだけは違っていた。

「のりのヤツ、シャバ帰ってうまいもん食うたんかな……」

萩原の向かいに座る静本がボソリと呟けば、萩原の隣りに腰を下ろしている斉藤が口を開いた。

「それどころちゃうかったんとちゃうか、まだ焦らんでええのにな……」

静本の横に座るタケルは下を向いたままだった。社会に戻り、自ら命を絶ったのりにタケルは地元が同じだということもあって、可愛がられていた。

斉藤と静本は、のりと所属している組織は違えど、同じ大川連合の傘下組織の組員だ。多少なりとも身内意識がなくはないだろう。だが、だからと言って、同じ大川連合系列の下部の組員同士が、必ずしも中で身内意識を持つかと言えば、そうではない。

大川連合は総勢一万人からの大所帯である。二次団体が同じくらいにまでならないと、身内という感覚は出てこない。

それなのに、斉藤も静本も顔を曇らせているのは、懲役で苦楽を共にしたことで生まれた絆と、全員が萩原の出先の舎弟や若い衆になっていることで、組織の垣根もヤクザとカタギの境界線も越えて、身内同然の感覚になっていたからだった。

「しゃあないやんけ。もう色々ゆうな。のりが自分で選んだ道じゃ。懲役のオレらが中でぐずぐずゆうても何ができんねん。何もしてやれんやろがっ」

言いながら、ついこの前、雑居で過ごした盆休みののりの顔が脳裏に浮かび上がる。それを掻き消すかのように首を振り、言葉を継いだ。

「お前らよう聞けよ、ヤクザやっとったら、死ぬも殺すも殺されるも覚悟のウチや。人生だって棒に振るし、人だって泣かすやろう。こうして懲役だってこなあかんしな。それを全部、ひっくるめてヤクザやんけ。ヤクザやっとんねん、で全部が通る世界じゃ。誰だって哀しい、やけど、それをもう顔に出すな」

「まあ、タケルはカタギやけどな……」

斉藤の言葉を無視し、湯呑みに注がれた薄い白湯のようなお茶をゴクリと飲み干して話を切った。

まるでそれを待っていたかのように、工場の隅がざわつき始め、一瞬で不穏な空気がどよめき始めたかと思うと怒声が上がる。

「こら！　どチビら！　何をヤクザごっこしてモノ抜かしとんねん！　シャバまで持っていくど！　こら！」

いきりたって立ち上がった男、草本が怒りで顔色を変えていた。草本も大川連合系列の組員で、大川連合の若頭を務めている木焼会の直参だった。

もちろんだからと言って、萩原がしめている26工場では通用しない。草本もそれを弁え、目立つことなく大人しく務めていたのだった。

それが立て続けに三人ばかり、他所の工場で事故落ちしてきた木焼会の枝組織の懲役が26工場に配役され、「叔父貴」「叔父貴」と呼ばれ出して胸を張り出してしまったのだ。懲役ではよくある話だった。

「おい〜斉藤、静本、言われとんぞ〜。ヤクザごっこって〜。シャバまで持っていくらしいど〜。ええんか〜」

「ワシに言うてまへんがな！　うわっ！　殴りおった！　勝男や！」

斉藤が咄嗟に立ち上がる。視線の先で、草本が立ち上がった瞬間に二人の男も一緒に立ち上がり、片側の男が、勝男を殴りつけた。そこから早かった。

それを別のテーブルで見ていたカンとアツが勝男の加勢に入り、殴った男の顔面に右拳をカンがめり込ませれば、殴られた勝男が体勢を立て直して草本の顔面にパチキと呼ばれる頭突きを入れ、つられて立ち上がったもう一人の木焼会系の男は、綺麗にアツに足払いで転かされて踏んづけられている。

「オヤジ！　行ってきます！！！」

さっきまで暗く俯(うつむ)いていたタケルが血走った目で、今にも走り出そうとしている。そのタケルの腕を静本が握った。

「やめとかんかいっ、見てみぃよ、もう一方的やないかいっ。これ以上、ウチから犠牲者を出す必要はあらへんっ」

静本の言う通りだった。もしも勝男が草本たちに袋叩きにされていれば、四方八方から勝男の加勢に懲役たちが飛びかかり、三人ともボロ雑巾(ぞうきん)のようにズタボロにされていただろう。萩原が頂点に君臨する26工場とはそういう工場だった。

「かまへん。座っとけ」

萩原が短く言えば、水澤が怒鳴り声をあげて食堂に乱入してくる。

「くおうらっ！　お前らやめんかいっ！！」

続いて、非常ベルの合図でどっからともなく現れた警備隊が続々と食堂へと雪崩れ込んできた。あっという間の出来事だった。

カン、勝男の順番に警備隊に連行されていく。二人とも萩原のテーブルの横を警備隊に両腕を決められて通り過ぎていく際、萩原に向かって頭を下げる。萩原は黙って頷いた。

「はなさんかいっ！　こらっ！　草本！　どないしたんじゃい！　シャバまで持っていくんちゃうかいっ！　こんかいぃ！　来てみんかいぃ〜っ！」

「こら！　集、ええ加減にせんかいっ！」

水澤と警備隊に制圧されながらも、アツは叫びまくっていた。それを引きずるようにして、水澤と警備隊が食堂から連れ出していく。

萩原とアツの視線が交錯する。アツは口元に笑みを浮かべて、頭を下げたあとに、また叫んだ。

「カス、コラ！！！　草本！！！　ケンカもできへんのやったら、イキがんな！！！　草本っ！！！　こら、かす！！！」

萩原はまだ若いカンとアツに日頃から懲役でのケンカのやり方を叩き込んでいた。

――ええか、お前ら。懲役のケンカは最初の一分が勝負やど。すぐに非常ベル鳴らされて、警備隊がうじょうじょ湧いてきよるからの～。それにやり過ぎたら、今はなんでもかんでもすぐ事件送致しよる。ささっとしばきあげたら、あとはパフォーマンスや。なんせケンカ相手の名前、叫び倒して、恥かかせ――。

アツが喚き散らしているのは、萩原直伝だった。三人が食堂から連れ出されていくと、間をあけて、草本たちが警備隊に抵抗することもなく、順番にトボトボと連行されていく。

「おい～草本～お前～鼻から鼻血でとんぞ～貧血かい～っ大丈夫か～」

萩原が俯いて連行されていく草本をバカにすれば、草本が「はい……大丈夫です……」と応え、食堂のあちこちから、笑い声が上がった。

生き地獄となるのは、ケンカが起きたテーブルで俯いたまま、真っ青な表情を浮かべている男。草本のことを散々、「叔父貴！」「叔父貴！」と持ち上げ、いざケンカになると、参戦出来なかった木焼会の枝の懲役だった。

運動時間に囲まれて、カマシ上げられ、自分から作業拒否を願い出て、工場から放り出されていく以外の選択肢はない。

「くおっら！　黙って黙想せんかいっ！！！」

水澤は食堂に戻ってくると、声を張り上げ、萩原もゆっくり目を閉じる。

26

チェーン店の居酒屋はサラリーマンや家族連れで賑(にぎ)わっている。萩原は樹脂製の箸立(はした)てを使いiPhoneを立てかけると、YouTubeを観(み)ながら、醤油(しょうゆ)とカツオ節をぶちかけた豆腐を口に入れ、生ビールを流し込んだ。

「兄貴〜、YouTubeの音全開やん。あかんて、もっと社会に迎合せな、それにglowまで吸うとるやん。ここ電子タバコも禁煙やで。出禁なんで〜」

電話をしに店外へと出ていた秀吉が向かいの席に座るなり、小姑(こじゅうとめ)のようなことを口にして、顔をしかめさせる。

「なんでやねん。この尼はオレの縄張りやど。昔やったら、当たり前に盆暮れには付き合いさせて、ショバも毎月とってるところやんけ。それを銭まで払(はろ)て、来てもうとんねんど。なんぼ、ここに銭落としたってる思とんねん。オレみたいに綺麗に飲むヤクザなんていてへんぞ」

萩原はYouTubeの音量を下げながら、秀吉を見た。

「銭落としたってるって、一回に三、四千円しか使うてへんやん。恥ずかしいことゆったらあかんで、兄貴〜」

「なんでやねん。てっぽう（ツケをして踏み倒すの意）せんだけでもマシやと思えちゅうねん。で、おっさんなんてや？」

秀吉がハイボールのジョッキを傾けた。

「まだお前らは信用ならんから、あと二、三日は体（タイ）かわしとくやて〜」

「ほんまあのクソたぬきが〜。そもそもあいつがジャリに絡まれてマンガにされたからこないなったんちゃうかい〜っ。シノギは一切回さんくせにトラブルばっかり回してきやがって〜」

「へっへへへっ、兄貴やテツの兄やんに言われたら、おっさんも世話ないでな〜」

秀吉の笑い声を聞きながら、再びYouTubeの音量をあげようとiPhoneに指をかけた時に、画面が真っ黒に切り変わり、ディスプレイに浮かびあがる文字――斉藤舎弟八号――。

「おう、舎弟八号、どないしてん〜。お前がぼけ〜っとしてる間に、全部、手仕舞いしたど。ほんまお前だけは相変わらず使えんヤツやの〜」

――なんでんねん、その八号って。何をゆうてまんねんな〜なんも終わってませんで兄貴っ

―――

「アホか、お前らんとこの連合が終わってなかろうが終わってようが知るかい。もう天空の中ではオレが終わらせたんじゃ」

──それでんがな。大変なことなってまっせっ！　木焼の叔父貴の運転手の人間から今、聞きましてんけど、三宅の叔父貴がよう行ってた小料理屋で、あそこの代貸が行動隊長の伊丹を呼び出して、ゆわしてまう段取りらしいでっせっ！──

「何て!?」

赤城の言葉が蘇(よみがえ)る。

──ハギ、どないするんじゃい。十三は、ヤントと今からおうてエンコを二本外さすゆうとんど。一本は三宅の墓前に、一本はお前に持参して、手仕舞いしたいゆうとるけど、お前はどないやねん？──

あのバカたれだけは、何がどないやねんだ。なにも終わっていないではないか。伊丹が山本を何もない素振りで呼び出して、ケジメをつけさせて手仕舞いするつもりが、逆に伊丹が山本にハメられているのだ。しかもこの筋書きには、大川連合の指揮官、若頭の木焼も一枚嚙んでいる。

「斉藤、すぐにそこの小料理屋かなんかの住所調べて位置情報送れ！　それからもう時間がない！　なんでもええから静本舎弟九号に電話して、ハジキを用意させえ！　それをアッに電話して、その小料理屋の店の前まで持ってこさせえ！　わかったのっ！」

──ちょっ、ちょっ、ちょっ……──

斉藤の電話を一方的に遮断すると、秀吉を急かした。

「いくぞ！　秀吉！　伊丹が危ないどっ！」

急かすまでもなかった。秀吉は立ち上がり、iPhoneで誰かに連絡を入れていた。

「ギンヤ！　テツの兄やんと一緒やろう！　兄やんに伊丹ちゃんが、多分、身内のしかも側近に裏切られてるって伝え！　あとで位置情報送るから、お前が兄やん乗せて運転してこいっ！時間ないから、飛ばせよっ！」

「ケッ！　テツなんか呼んでどないすんのじゃ！」

と吐き捨てながら、伝票と五〇〇〇円札をレジへ向かって放り投げた。


アクセルを全開で踏みっぱなしの秀吉の顔は、豹のように鋭い顔つきに変わっていた。いつもは萩原と島村の間に入って、そのどぎつい本性を隠しているが、これこそが凶暴秀吉の本当の姿だった。

「でもあれやな、兄貴、伊丹ちゃんは相当近い側近に裏切られとんな〜」

斉藤からLINEアプリに送られてきた位置情報に目をやりながら、萩原は頷いた。

「そうやろな〜。伊丹は山本を何食わぬ顔してわざと三宅の兄貴の行きつけの店に呼び出したんやろう。弔いや思ったんやろな。

テツのアホの話やったら、そこで山本の親指を二本千切らすつもりやったんやろが、もしも歯向かってきたり、それを山本が拒めば肚も括ってたやろしな。おい、そこ右やどっ」

秀吉がタイヤを鳴らしながら、ハンドルを派手に回す。

「そんな話、限られた人間にしか言わんやろうし、それがもれとんねんからな、伊丹ちゃんショックやろうな」

「ヤクザもカタギも同じちゅうこっちゃ。裏切るヤツはオノレの野心や損得、それだけやない、妬みや嫉妬で簡単に裏切ってみせるからの。おう、あそこや！　あの看板が光ってるやろ——うん?!」

目を凝らすと、何かを手に持った二人組の半グレみたいな服装をした若い男が立っていた。

「アツと、あれ誰や、おう！　カンかっ！　ハッハハハハッ、二人とも金属バット持っとるやんけっ」

タイヤを軋ませ、秀吉が急ブレーキを踏む。店の入口につけられた白塗りのレクサスの運転席と助手席の扉が同時に開け放たれる。

「オヤジ！　ご苦労様です！　これ静本の兄さんから預かってきました！」

長めのビニール袋から取り出されるショットガン。あのバカは戦争でもさせる気か。相変わらず使えないやつである。

「アツ、カン！　ここで検問はって、大川のもん来たらかまへん。その金属バットでしばきあげたれ。遠慮なんかすんなよ、ケツはオレが拭いたる。赤いバラの恐ろしさをお前らが見せつけたれっ！」

「分かりましたっ！」

アツとカンが同時に叫ぶように返事をすると、前方から猛スピードで黒塗りのセンチュリーが突っ込んでくる。急ブレーキで停車すると、助手席から赤城が勢いよく降りてくる。

「こら！　ボンクラっ！　何を井戸端会議しとんねん～。足引っ張りにきたんやったらいんだらんかいっ！」

「やかましいわいっ！」

と言ったときには、豹のような素早い俊敏な動きで、もう秀吉が店内へと駆けている。萩原もその背中を追うようにショットガンを手に持ち、店の中へと急いだ。

視線の先、秀吉が背を向けて個室の前に立っている男の横っ面を、ヌンチャクを使い吹き飛ばす。

それを押しのけ個室に入ると、拳銃を手にしたままで驚愕の表情を浮かべて固まっている男の額にショットガンを押し付けた。

「おいそこのちんちくりん、その引き金を引いたら、顔面ざくろなんど、兄ちゃん〜」

その後ろから赤城も個室に入ってくる。

「おいおいおいおいおい、ここは裏切り者の巣かい〜。久しいの山本〜相変わらずの野心丸出しかい〜っ」

「あ……兄貴……」

伊丹が赤城を見て声を震わせた。

「おいおいおい、もう一人死んでもうてるやんけ〜っ」

血を流してうつ伏せの男に一瞥をくれ、震える手から拳銃をすでに手放している男をみた。

「やっぱり、ザクロなんのお前やんけ〜」

迷うことなくショットガンの引き金に指をかけ、太もも目掛けて乱射しようとした時だった。

iPhoneの着信音——島村——。島村から直接、萩原の携帯が鳴るのは珍しいことだった。

通話ボタンをタップする。

「おう、どないしてん〜」

——こら！　くれない！　どこの世界に親方に向かって、『おう、どないしてん〜』て電話に出るバカがいとんねん——

細かいことばかり気にするヤツだ。

「で、なんやねん。こっちは取り込み中や。手短に言うてくれよ〜」

——今、ワシんところに大川連合のカシラの木焼はんから連絡がきた。明日、ウチの本部に木焼はんとブロック長の文春ゆうのが来るらしい。お前とテツと秀吉も本部にこい。死人は出てんのか〜——

島村の声を聞きながら呻き声のほうに視線を向けると、まだ秀吉が、伊丹の後頭部に銃口を突きつけていた男に、気が狂ったかのようにヌンチャクを振り回し続けている。

「一人だけ安らかに眠ってるヤツいてるけど、もう一人、いや、もう二人、骸がでるかもしれんの〜」

視線の先。赤城が山本の頭をビール瓶でかち割っていた。

——おい。山本とかゆうのだけは半殺しでやめとけよ〜収まる話も収まらんようなるからな。わかったな——

「わかってるがな、オレがそんなことする訳ないやんけ〜。オレはな〜」

電話の向こうでため息が漏れる。

——ええな、山本は息はしてるままで釈放せえよ。それと明日、必ず本部こいよ、ええな——

最後に島村は念をおすと、一方的に電話を切りやがった。自分勝手なヤツだ。だからみんなに嫌われるのだ。

「兄貴、兄さん、申し訳ありませんでした。有難うございます！　ヒデちゃんも有難う」

伊丹が頭を下げて、顔を上げると言葉を続けた。

「まだオレ、ウチのケジメが残ってますんで、勝手して申し訳ないですが、先に行かせてもらいます——おい甲斐、立たんかい」

伊丹が冷眼を甲斐に向け、冷え冷えとした声を出した。

27

溜まり場となっていた大阪随一の繁華街、ミナミのクラブは、夜の賑わいがウソのように静まりかえっていた。伊丹がクラブのドアを開けて中に入ると、無言で座っている男たちの視線が突き刺さる。

「十三、三宅のおっちゃんはなんて？」

カウンターに座り、口火を切ったのは小学校からの同級生の甲斐だった。暴走族時代は総長の伊丹の右腕となり、チームをたばねてくれていた。

「どこぞで修業して、三年経ったら正式に盃やるとかそんなしょうもない話やったら、蹴ってきたんやろうな」

ボックス席でテーブルの上に脚を放り投げて、めんどうくさげな表情の富岡がだるそうに首を回している。富岡もまた甲斐と同様に、小学校からの同級生で、伊丹が率いた暴走族では親衛隊長を張り、ケンカになれば、いつも先頭に立っていた。

伊丹は富岡が座るボックス席の手前のボックスに腰を下ろした。

「十三くん、オレは嫌やで、どっちにしてもヤクザなんて。なんかに縛りつけられるなんて、オレ、マジ勘弁やで〜」

ため息を吐いて、背を伸ばして欠伸をするのは、同じ団地で幼少期から弟のようになついているジュンヤ。ジャンヤらしいな、と思いながら、伊丹はテーブルの上のメンソールを咥え、ライターで火をつける。

「やっぱりあのおっちゃんはちょっとちゃうかった。ワシの盃やるから、好きなように暴れ回れって、自慢話ばっかり聞かされながら、言われたわ〜」

カウンターに腰掛けていた甲斐が立ち上がる。

「と言うことは、あれかっ！ 大川連合の最大勢力の三宅組の直参で迎えてくれる言うことか?!」

甲斐の興奮した声にクラブのあちこちから「バリすごいやん！」「よっしゃ！」「これでミナミはオレらのもんや！」と口々に歓声が上がる。

「もう中途半端はやめや。オレは三宅のおっちゃんが気にいった。あのおっちゃんをピカピカに輝かせたる」

ことの発端は伊丹たちのグループ、スカイブルーのメンバーが三宅組の組員と揉めたことだ。これまでもたびたび面倒を起こし、そのたびに、三宅が、

「かまへん、かまへん。やられるヤツが悪いねん。好きなように暴れたらんかいっアッハハハハ」

と笑って許してくれ、咎（とが）めるようなことを一切、言わなかったのだが、今回ばかりは違った。富岡たちが三宅組ら四人と居合わせたキャバクラで、カラオケの順番を巡って店内でケンカになり、四人揃って病院送りにしてしまったのだった。

ケンカになったそのキャバクラも三宅組が面倒を見ていた店だった。それで伊丹が三宅に呼び出されたのだ。一人で指定の場所。三宅組本部のすぐ近くの割烹料理屋の個室に入ると、三宅はいつもと違う表情で、「お前、一人できたんか？　ヤクザが怖ないんか？」と少しドスの利いた声色で尋ねてきた。伊丹は三宅の向かいに座ると言い放った。

「オレは仲間のためやったら怖いとか怖ないとか関係ない。オレらにはオレらのルールがある。おっちゃんにはいつも迷惑かけてるし、悪いとも思てるけど、おっちゃんがいくらすごいヤクザの親分でも、オレの仲間に手を出したら、そこは引かれへん。おっちゃん相手でもケンカはする」

三宅は目を細めじっと伊丹の表情を見据えた。伊丹もその目を逸らすことなく見返した。笑い出したのは三宅だった。

「アッハハハハ！　このクソガキだけは、ワシの乗ってるセンチュリーがなんぼするか知りもせんくせに生意気なこと抜かしやがって。よっしゃケンカせえ。ただ、三宅の代紋背負ってケンカしたらんかいっ。ワシの盃やるから、好きなように暴れ。ウチの本部は内装だけで六〇〇〇万かけてるからの～」

と言うと、子供のような笑みを見せた。富岡らが病院送りにした幹部らのことや細かなことは一切、口にしなかった。ただ口にしたのは、盃をやるということと、自慢話だけだった。伊丹はいつしか、この男のもとで、暴れ回るのも悪くないと感じていたのだった。

「よし、それやったら、十三が今日からオレらの組長や。オレがカシラをやる。ジュンヤ、お前も今日から十三のこと、オヤジて呼べよ。みんなもわかったな。今この瞬間からオレらは三宅組系伊丹組や」

「だから甲斐くん、嫌やって。オレはスカイブルーで好きにやるって。オレに規律とか、ヤクザとか押し付けてくんなって～バリだるいわ、ほんま」

ジュンヤが言えば、甲斐が表情を変えた。

「お前、だいたいなんやねん、その口の利き方、誰にゆうてんねん！」

「誰って、甲斐くんに決まってるやん」

ジュンヤも立ち上がった。

「お前ら、やめれって。さっそく内部崩壊してるやん～。ジュンヤはかまへん。スカイブルーの次の頭はお前や。みんなもヤクザやりたいヤツはやれ。スカイブルーで今まで通りやりたいヤツはスカイブルーで、半グレの凶暴さを見せつけたれ。どこで何をしてても今まで通り、オレらはファミリーや。ただ、甲斐――」

「どないしたねん、オヤジ。オレはカシラやんぞっ！」

「いやそれはええねんけど、伊丹組ってゆうのは、ちょっとまんまやから、せめて伊丹会にしようや～。オレ、組長とか、呼ばれんのだけは勘弁やもん。トミもそれでええやんな～」

富岡が「ケッ」と言って、唾を吐き捨てた。

「なんでオレに聞くねん。当たり前やんけ。オレは十三にどんなことがあってもついていくに決まってるやんけ、いちいち言わせんな」

富岡らしいなと思いながら、伊丹は満足気に頷いた。

――拷問部屋にしているヤクザマンションの一室。松山をあの世の三宅に送り届けた室内。ジュンヤに特殊警棒で正座しながら殴られ続けた甲斐の顔は、ボコボコに腫れ上がっていた。

その顔を見ながら、伊丹は数年前のことを思い出していた。伊丹は甲斐が裏切るなんて想像したこともなかった。誰よりも信用していたし、まさか自分に対して、嫉妬なんて感情を滾らせているなんて考えたことも感じたこともなかった。三宅もそうだったに違いない。

「このオカマだけは、殴り殺したらっ!!!」

「ひぇ〜もう勘弁してください〜」

甲斐を殴りすぎて、ぐにゃぐにゃになった特殊警棒をジュンヤは放り投げると、今度は鉄のハンマーを甲斐の後頭部めがけて振り下ろしかけた。その手を寸前で伊丹が受け止める。

「ジュンヤ、やめとけ」

そう言うとジャンヤの手から奪いとったハンマーで、肩を軽く叩きながら、甲斐の目線にしゃがみこんだ。

「なあ、甲斐。お前がな、オレを気に入らんかったんはわかった。でもな、なんでトミを撃ち殺したねん、言うてみ」

「ど……どっ……どっちにしても富岡を生かしてたら、あとでややこしいって……」

それはそうだろう。もしもあそこで伊丹が殺されていれば、富岡もジュンヤも絶対に黙ってはいない。

「お前には助かる道があった……オレもお前を今でも見逃してやりたい……」

甲斐のぼこぼこになった顔面は涙で溢(あふ)れかえっていた。伊丹はゆっくりと喋りながら、腰に差しこんだ拳銃を取り出し、甲斐の額に銃口をあてた。

「あとたかだか数分や。数分後には赤い核弾頭、赤い薔薇、凶暴秀吉のヒットマンブラザーズがオレを救出しにきてくれてたんや。その数分でお前は人生の選択を誤った。トミさえ殺してなければ、オレはお前を許してやれてた……」

「お願いや！　じゅうぞうっ！　もう二度とっ――」

引き金を引くと甲斐が後ろに弾け飛んだ。途方もない虚無感が伊丹の脳裏を支配する。

「ジュンヤ……もうお前はあとのもんまとめて、オレに近づくな。オレはこっから修羅に――」

立ち上がって前を向いたまま開いた口を、後ろからジュンヤの言葉が遮った。

「あんまり勝手なことゆわんといてやな。オレは死んでもじゅうぞうくんと一緒やって。怖いもんなんてあるわけないやんっ」

伊丹は振り返ったが、ジュンヤの顔をまだ見上げることはできなかった。

28

二代目天空会の組長室に、張り詰めた空気を醸し出しているのは、目の前に座る二人の男。視線の左斜め前に座る五〇代半ばの渋みがかった表情の男は木焼。大川連合の若頭で自らも、戦闘集団二〇〇〇人と言われる木焼組を率いていた。その横に座るのが、メガネをかけたインテリ風の男、文春。大川連合の地域ごとにブロック分けされている阪神地区のブロック長だ。目の前の二人が、大川連合一万人の中核である。

まさか、たかだか、一〇人ちょっとの天空会の本部に直々に出向いてくるとは、萩原も思いはしなかった。

「ここは私らも付き合いが一切ないからよう知りませんねんけど、こうして私らが足まで運んでやね、ウチのカシラと二人で事務所、お邪魔させてもうてるのに、天空さんとこは、こんな感じで客人を迎えはりまんのか？」

文春が萩原と、島村が座るソファの少し後ろの椅子に片足をあげて睨みつけるように座る赤城に視線を合わせた。

「アホや思ってほっといてくださいー。この横の萩原も、行儀悪う座ってる赤城も、ワシの言うことなんて聞きよりませんねん～。困ったもんですわ～。で、カシラ、今日は何ようでしたっけ？」

とぼけた笑みを浮かべながら、島村が二人の顔を見比べた。島村はたぬきだ。自分の都合の良いほうにしか動かない。全くいけすかないタイプのヤクザだった。

だが、たぬきもここまでとぼけ切れたら一つの武器である。大川連合の最高幹部二人を前にしても、八百屋のおっさんみたいに腑抜けた顔を浮かべてやがる。

「電話でも話しましたけど、ウチを絶縁にした三宅のことですわ」

釣り上がった目に冷え冷えとした声。細めた視線が萩原を凝視する。萩原はその視線を見返しながら、これは三宅と全く相性が合わないと納得がいった。

「おたくらは、理由がどうであれ、もともとウチにいてたときの三宅の関係者の身体にタマ入れて、その手仕舞いが不細工やから処分されたら、今度は三宅とつるんでましたわな。知らんとは言わしませんで。の～兄ちゃん」

木焼はよほど萩原のことが気に入らないらしい。萩原からずっと視線を外さない。

「あのな、誰が――」

島村が萩原を手で制した。

「それで言うたら、おたくんとこはどういう教育してまんねん。だってそうでっしゃろう。逆やったらどないだ？　ジャリみたいな半グレに、ワシが先代から預かった天空の目と鼻の先で、大川連合の代紋出されてコケにされ、挙句に知ってか知らんか知らんけど、ワシの女の店で、ワシのことマンガにしてまんねんで。それも代紋まで出されてでっせ。連合の総長が同じことされても、あんたら同じこと言うてまっか」

島村は流暢（りゅうちょう）な口調で捲し立てると、コーヒーカップに手を伸ばし言葉を継ぐ。

「それ知ったこれらが、それ聞いて勝手に動いても、ワシ、文句言えませんやんか〜」

萩原は思わず島村を睨みつけた。よくも自分で命令しておいて、人のせいにできたものである。

「何をゆうとんねん！　おっさんが命令したんやろがっ！　そもそも自分のケツくらい自分で拭かんかい！」

「ほらっ、聞きましたやろう。親に対するこの態度、もうワシも手に負えませんねん。ほんま困ったもんですわ〜困った、困った〜」

島村がとぼけた顔をさらにとぼけさせた。

「このおっさんだけは、呆れてものも言えんわ。ところで、木焼さん。今、兄ちゃんいうのは、誰に言いましたんや。あんたらのそういう態度が、そもそもの問題とちゃいまんのかっ。ここはあんたらで言うところのただの事務所やない。総本部でっせ」

「なにをこら」

文春が眼鏡に手をやった。

「なにこらちゃうやんけ。大川連合ゆうのはゆた〜っとしとんの〜。ケンカすんのかせんのか、はっきりせんかい〜。ワシかてまだ出所やったばっかりで用事あんのやど〜」

赤城が立ち上がっていた。それを見た木焼の表情に一瞬、笑みのような色が浮かんだ。

「フンっ、兄貴が気にいる訳やの」

木焼の言う兄貴とは三宅のことだろう。

「ウチの親分からこれ以上、揉めんな言われてきとんねん。ワシもざっくばらんに話させてもらうど。ウチと天空会は揉めてへん、あくまでウチから処分した三宅との揉め事や。その三宅がもういてへん。萩原、お前も三宅の兄貴の件で、まだ納得はいってへんやろうけど、肚に飲み込んでもう納め。島村はん、それで宜しいな?」

木焼が萩原を見たあとに島村に視線を向けた。木焼の横で文春が不満気な表情を浮かべている。

「分かりました。おい、ハギ、テツ、そういうこっちゃ。もう全部しまいや、わかったの〜」

島村がとぼけた顔をやめて、木焼と同じように萩原と赤城に一瞥くれると、手に持ったコーヒーカップをコースターの上に戻し、「さあさあ～飲んでくだされ～」と言いながら、元のとぼけた表情を作ってみせた。

「ほんまは条件が二つあったのにの～」

二つの条件。山本の絶縁と伊丹の命の保証だろう。赤城は興味なさげに呟くと、立ち上がり、くるりと背を向け組長室から出ていったのだった。

29

【しょんべん刑】

しょんべん刑とは刑務所の中に務める受刑者が口にする懲役用語。主に刑務所への持ち込み（未決通算を引かれた日数）が二年未満の短い刑期の懲役のことを指す。由来は、一、二年の刑期などしょんべんしている間に終わるというところから来ており、類語として「右向いて左向いたら終わりやないか」などがある。工場に配役されると、プライバシーにかかわる罪名よりも、刑期を尋ねられることが多く、「今回は安く（短いの意味）て一年六月ですわ」と応えれば、尋ねた側が、「だったらしょんべんですね」と返すような使い方で用いられている。反対に八年以上の長い懲役を「ロング」と言い、矯正施設ではロングの頭文字のLを使い、暴力団ではない初犯刑務所のロングならばLA。再犯や現役の暴力団が収容される八年以上の長期刑務所ならば「LB」刑務所と区別させている――。

週に三回の運動時間。萩原はプラスチック製のバットを握りしめ、ノックを打っていた。

「くうらっ！　斉藤！　そんなフライも取れんでどないするんじゃっ！！！　スタメンから外して、工場から放りだしてまうどっ！！！」

萩原の横でスポンジ製のボールを萩原に渡す、静本がのんびりした声を出す。

「兄貴～ライトにタマなんて飛んできませんて～。あらら斉藤の兄弟あないに走らされて～。明日の試合、筋肉痛で走れるんかいな～」

キッと静本を睨みつけた。

「オドレらみたいにぼけ～っと走りもせんとアゴばっかり言って、堕落した懲役を日頃から送っとるから、筋肉痛なるんじゃ！　なっ、オヤジっ？」

静本の後ろで腕を組み、険しい顔つきで練習風景を見守っている正担当の水澤が深く頷く。

「萩原の言う通りや。そんなんではシャバに帰っても使いものにならん。ましてや一回戦は洗濯や。あんな冷暖房が効いてる工場に負けられるかいっ」

「オヤジの言う通りじゃ。冷暖房が効いてるような楽しかしてへん工場になんて負けられるかいっ。作業中にクーラー効いてたら懲役ちゃうやないかっ、いくぞ！　サードっ！」

ライナー性のあたりを三遊間に打ち込んだ。サードを守るタケルが俊敏に反応し飛び込む。タケルがあげたグローブの中には、スポンジボールが収まっていた。高校三年間、硬式で野球をやっていたというのは伊達ではない。

そして、レフトには自称だが大リーグ傘下の３Ａの練習生として参加したことがあるというドミニカ共和国出身の盗人、カミーが仁王立ちしている。

三番をタケルに打たせ、四番はカミーに打たせ、一番打順が回ってくるトップバッターに萩原が立てば、優勝だって狙える戦力は整ったはずだ。大会前に勝男にカンとアツがケンカで事故落ちしたのは痛かったが、レフトで不敵な笑みを浮かべるカミーの表情。萩原の口角は自然に上がったのだった。


ミシンのダッダダダダダダダダダッッッという音を切り裂くかのように、担当台に立つ水澤がハンドマイクで叫んだ。

「萩原！　担当台っ！」

裁断場で明日のスタメンを広げていた萩原が顔を上げて、担当台へと向かう。

「萩原、明日は問題なさそうか～」

萩原はこくりと頷いた。

「なんも心配せんでかまへん。問題ない。確かに勝男と並んで主力やったアツとカンが落ちたんは痛かったけど、代わりにオヤジがええ助っ人、引っ張ってきてくれたから、いけるはずや。

なんせ3Aとはいえ上は大リーグやからな」

大阪刑務所は西の外国人収容刑務所となっているため、様々な国籍の外国人が受刑生活を送っている。その中でも、大リーグの傘下とはいえ、微塵でも関わったことがあるという外国人はそうはいないはずだ。水澤が表情に険し気な色を浮かべた。

「そこや、練習みとっても、大リーグどころか野球すらやったことないように見えるけど、気のせいか？」

そこである。カミーはまだ配役してきて間もないため、ソフトボールの練習に二回しか参加していない。その二回の練習で見せる動きは、斉藤よりも劣っていた。だが、目つきが告げていたのだ、「ノープロブレムだ」と。萩原は嫌な予感を払拭するかのように、目を瞑って首を左右に振った。

「オヤジ、それは杞憂や。罰明けでコンディションが戻ってへんだけや。それに仮にカミーがあかんでも、オレが塁に出れば、三番にタケルがいてる」

萩原がタケルの役席を振り返った。担当台から萩原と水澤の視線を感じとったタケルが、ミシンを踏んでいた足を止めて担当台に視線を放ち返し、こくりと頷いた。

「お前が言うんやったら問題ないやろう。問題はその次や」

「そうや、11工場や。徳島から不良移送されてきたバッテリーはシャバでもソフトやってたんやろう？」

半年前に八年以上の長期刑を収容している徳島刑務所で医務をめぐるトラブルから、一斉に刑務官に殴りかかるという暴動がおき、その暴動に関与した懲役が全国の刑務所にちりぢりとなって不良移送されてきたのだった。ここ大阪刑務所にも徳島刑務所で務めていた懲役が一〇名近く移送されてきており、中でも11工場に配役された二人はバッテリーを組み、14工場との一回戦をパーフェクトに抑えて、たちまち優勝候補の筆頭に名乗りを上げていたのだ。

「おう、そうや。刑務所のたかだかソフトのくせに、バッテリーでサイン出してたいう話や」

萩原も通算すれば一〇数年は刑務所で不自由な生活を余儀なくされてきたが、ソフトボール大会でバッテリー間のサインのやりとりなど聞いたことがなかった。

「まあ、とりあえず、それは明日洗濯に勝ってから考えようや。なんか満期前のしょんべんで、工場でやんと処遇上なってるヤツから、使えそうな若いもんまた見繕ってとってきてくれたらええがな。それであとはオレがなんとかする」

萩原が言えば、水澤が頷き、「ちょっと早いけど、明日のミーティングもあるやろうし、休憩入れよかっ」と言って、ハンドマイクを握り「作業やめ～」の号令をかけたのだった。

翌日、行進の最前列でグランドに入ると、すでに一塁側には、洗濯工場が陣取っていた。萩原たち26工場の懲役たちは、一塁側に鋭い目つきを放ちながら、三塁側へと入った。軽くキャッチボールを始めると、応援団長を務める静本の甲高い雄叫びがグランドいっぱいに響きわたる。

静本のリズムに合わせて試合に出ない懲役たちが、「おーらっ！　いこうぜっ！！！」と叫び返す。グランドいっぱいに臨場感が漂いはじめる。

「おーらっ！　いこうぜっ！！！」

ホームベース上で洗濯工場のキャプテンとじゃんけんをして勝った萩原は、先攻を選んだ。

懲役のソフトボールは全てがシャバとは違う。三〇分ちょうどに、球審を務める担当の「試合やめ〜！」の号令がかかった瞬間に、試合が終わるのだ。その回の表裏など一切関係なく、その瞬間の得点で勝敗が決することになる。不公平などといった概念は存在しない。そのため先に攻められる方が、断然有利であった。

先頭バッター。打席に立つ萩原に一塁側から萩原のテーマソングが合唱される。

「天空まで飛ばせ！！！　天空！　天空！　日本いちっ！　かっ飛ばせっ！！！　赤い赤い〜っ赤いバラっ！！！」

ソフトボール大会が近づくと、応援団長の静本に怒鳴りながら萩原が応援歌を仕込むのは、26工場の秋の風物詩でもあった。

打席に立ち、バットをピッチャーマウンドに向けたとき、萩原の手が止まる。視線の先、勝男にパチキをされ、カンとアツにタコ殴りにされた草本が不貞腐(ふてくさ)れたような表情で、ピッチャーマウンドに立っていたのだ。

――このガキ、ヤクザのくせに経理に配役されとったかいっ、ゴミが――と内心で毒付きながら、担当の「プレイボール！」の合図に、握るプラスチック製のバットに力をこめた。

初球だった。顔面に目掛けて飛んできたスポンジボールが頬にめり込み、ポツンとグランドに落ちたのだ。シャバだったら危険球で一発退場である。

一瞬、静寂がグランドを支配する。

萩原の口角が大きく吊り上がる。

「くおらっ！！！　ゴミヤクザが！！！　だれ様にぶつけとんじゃっ！！！　指の一本や二本ではすまんぞっ、こらっ！！！」

バットを叩きつけると、身体が勝手にマウンドへと疾走していき、大きく跳ねていた。草本の顔面に萩原の右足がめり込み、後方に吹き飛んだときには、三塁側から飛び出してきたタケルが倒れた草本に馬乗りとなり、左右の拳を叩きつけていた。

「オレが天空の赤い薔薇っ、ヒットマンブラザーズじゃ！！！　誰でもかかってこんかいっ！！！」

三塁側から次々に、洗濯工場の懲役たちに襲いかかる26工場の懲役たち。五年続いた無事故が残刑三ヶ月のところで、遂に途切れていった。

視界の隅、水澤はもう暴れ狂う懲役たちを制止しようともせず、頭を抱え込んでいる。

30

こんなはずではなかった。尼崎の全中学を支配し、一八歳で阪神尼崎にキャバクラをオープンしたときには、ギンヤが一言かければ、三〇分以内に一〇〇人近くの一〇代の不良少年がギンヤのもとに駆け寄ってきた。そこからわずか二年で、次々に飲食店を尼崎市内でオープンさせ、全盛期には一五店舗のオーナーになっていた。

地下格ブームにも便乗し、ジムも開設。全てが順調だった。

尼崎といえば、若者たちは、口を揃(そろ)えて「ギンヤ」の名前を口にした。ヤクザだって上等だった。負ける気がしなかった。それがいけなかったのだ。

崩壊の始まりは、世間の広さを知らずに鳴らしてしまったベントレーのクラクションだ。

日替わりで、助手席に顔の可愛い同世代の女を乗せ、ギンヤがベントレーで夜の阪神尼崎の繁華街に現れれば、誰しもが頭を下げた。運転席の窓を下ろし「おうっ！」と挨拶を返すのが、ギンヤのいつもの日課だった。

「なに、あのチビ〜。ギンヤくんっ！　ギンヤくんのベントレーが後ろから来てるのに、あんなえらそうに道の真ん中、歩かせててえの〜？　なんか杏奈、すごい嫌な感じやわ〜」

北新地のキャバクラに勤めている杏奈が可愛い顔を不機嫌そうにさせる。

杏奈の言う通り、目を凝らせば、道のど真ん中を肩をいからせたチビが闊歩している。

これで今日はこのまま、杏奈とラブホテルに直行することができる。それが地獄の始まりとも知らずに、贅を尽くし切ったベントレーのクラクションを「パァーン」と叩いた。振り返ったチビの顔面を見たとき、ギンヤはゾッとした。

猛獣が牙を剝いたような顔は、おびただしいほどの血で真っ赤に血塗られており、よく見ると、チビの右手には、ヌンチャクが握られていた。そのヌンチャクからは、生々しい血が滴り落ちていた。本能だった。ギンヤの危険センサーが激しいほどの警告を体内に鳴り響かせる。

「きっしょ！　なにあいつっ！　ギンヤくん！　しばいたりよっ！」

杏奈の声を遠く耳に聞きながら、ギンヤは咄嗟にチェンジレバーをバックに入れ、アクセルペダルを全力で踏み込んだ。そのときには、豹のように素早い動きで接近してきたチビに運転席から引き摺り下ろされ、後頭部をアスファルトに強かに打ちつけていた。見上げたチビの顔は、人間の顔ではなかった。一言で言うならば、凶暴。人間の皮を被った凶暴が怒り狂ったように血だらけのヌンチャクを、微塵の躊躇もみせずにギンヤの顔面へと休まず振り下ろし続けた。血だらけのチビの男、凶暴秀吉。

その日のうちに、杏奈はキャバ嬢から風俗嬢へとトラバーユし、一五店舗の飲食店のオーナーはギンヤから秀吉に名義が変更され、ギンヤのヤサはタワーマンションから天空会本部に住居を移すことになったのだった。

世の中に、こんなにも酷くて残酷な人間が存在するのかと感じずにはおれなかったが、その認識は呆気ないほどすぐに塗り替えられた。

「お～っ秀吉～。どうや～チャイナどもは尼から放り出せたか～。んっ、なんやその粗大ゴミ？　ええ目してるやないか～」

当番席で缶ビールをあけながら、禁煙という張り紙をバックにして、堂々とショートホープを吹かす、赤い薔薇、萩原紅。初対面の萩原の顔には、何か悪いことを企んでいます——とはっきりと書かれてあった。

「どかんかいっ、こらっ！　何でオノレらはモニター見てて、親分と五分のワシが事務所にわざわざ来てくださってるのに、外に走って出て、ご苦労様です、二代目親分！　て出迎えもできへんのじゃっ！　ワシ体制なったら、オドレら全員、会費ヤマほど上げて、冷飯食わすどっ！！！」

ギンヤの腹部が蹴り上げられ、激痛が走る。赤い核弾頭、赤城哲真。まだ、間の悪いところにクラクションを鳴らしてしまったのが原因で、ぶちぎれた凶暴秀吉の方がまともに見えるほど、ギンヤの神経回路は破壊されていた。

「こらっ！　係長っ！　オドレは話きいとんかいっ！」

腹部に赤城の右膝が入り、ギンヤが「グオッ」という声を漏らしながら、前のめりになった。

「グオッホンッ、グオッンッ……もう兄さん……あっ、しまった！！　社長……それはパワハラですって……もう、すぐ手や足が出るのは、良くないですって……」

お好み焼き屋の前で、回想していた記憶が遮断される。

「オドレ、なにをヤマ返しとんねん！　お前みたいな中卒が大卒気分になるには、ワシの暴力しかないんじゃ！　もう一回じゃ！　いくどっ！」

赤城が咳払いをうち、全く似合わないネクタイを絞りあげた。

「やあ〜みずき〜。久しぶりだね〜大きなってお父さんも安心したよ〜っ。お父さんも今回の出張で会社を設立することになってね、なっ、係長?」

本当にめんどくさい男だと思いながら、ギンヤはiPhoneのメモ帳に視線を落とす。

「さようでございます……お父上さまは今、あいてぃ関係の――」

「まてまてまてまて、ぼけっ！　何があいてぃじゃっ！　ITやろがいっ！　ほんまこんなボンクラつれてくるんやなかったの〜」

ギンヤは僅かにも表情に出すことなく、心の中だけで舌打ちを打つと心の限り赤城のことを罵倒した。

「まあ、ええ、いくどっ！　オドレこれだけは言うとくど。ワシは言うたことは絶対にやる。ここでヘタ打ったら、指は千切るど。わかったの」

何で目を細めやがるのだ。この男が目を細めたときは、必ず口にした言葉を実行するときだった。

「わかって……わかってますっ！　じゃ、兄さん……あっ！　すいません！　社長！　開けさせていただきます！」

暖簾を左手であげ、右手で引き戸を引いた。赤城の背中にギンヤも慌てて続く。

「いらっしゃ――」

視線の先で、赤城の娘、みずきが声を止め、目を丸くさせていた。両手を広げてみずきに近づく赤城。iPhone のメモ帳に視線を落とす。両手を広げてみずきに近づいていくときは、パターン四の「あいたかったよ～みずきっ！」という赤城の声に「社長！　良かったでございます！！！」と言いながら、ハンカチを取り出し、目頭を押さえるバージョンだ。

「あいたかっ――」

と言いながら、赤城がみずきに近づこうとすると、ぴしゃんと、コップの水が赤城の顔面にかけられた。

「気持ち悪いねん！　出てきたらすぐにみずに電話して、ご飯食べに行く約束してたんちゃうの！　みず、パパが帰ってくるから、バイト代ためて、ステーキ屋さん予約して待っててんでっ！

電話も出えへんし、もう知らん！　帰って！　ギンヤくんもなにその七三分け。どうせパパになんかやらされてたんやろう！　嫌なことは、嫌ってちゃんと言わな、パパみたいなろくでもない人間になるでっ！」

天空の赤い核弾頭の顔面に水をぶちかけ、ろくでなし呼ばわり。死んでいる。確実に死んでいる。娘のみずきでなければ、理由の如何(いかん)を問わずの自殺行為だ。

「ちっ、ちっ、ちがうんだよ……みずき、聞きたまえ……」

「気持ち悪いねん！　迷惑やから帰れゆうてるやろっ！　泣いたろかっ！！！」

出た、みずき最強の武器、「泣いたろかっ！」。

赤城が慌てて店の外に飛び出し、ギンヤもみずきに「失礼しますっ！」と頭を下げると、赤城の背中を追いかけた。

「まあ〜あいつも難しい年頃なんやろう〜。オドレ、ヤクザがなんでハンカチなんか持っとんじゃ、かさんかいっ！」

自分が持ってこいと言ったのではないかと毒づきながら、「すいませんです！」と表情にひとつも不平の色を浮かべることなく、ハンカチを差し出した。

八つ当たりでもされたらたまったものじゃない。

赤城は本当に育ちが悪いのだろう。受け取ったハンカチでみずきにぶっかけられた水を拭き取ると、鼻をかみ、返すどころか路上にそのままハンカチを投げ捨てた。早く本来の場所、刑務所に戻ってくれないかと祈っていると、赤城の iPhone の着信が鳴る。

赤城が歩き出しながら、電話に出る。

「おう！　どうしてん、じゅうぞう～。なに?!　須磨？　海かいっ、おう、おう、かまへん。今から行くから待っとけ」

尼崎から須磨まで、高速道路を使っても片道三〇分はかかる。今日はまだまだ赤城から解放されそうもない。思わず漏れそうになったため息をギンヤは必死に飲み込んだのだった。

31

潮の香りが鼻腔をくすぐる。ほんの少し前までの夏の賑わいが嘘のように静まりかえっていた。伊丹はジュンヤの肩を借り、片足で立つとルブタンの靴を脱ぎ、靴の中に入った砂を取り出した。

「でも緊張すんな――。天空の赤い核弾頭が来るって。オレらの世界でも、赤い核弾頭と赤い薔薇、それに凶暴秀吉、それから、そうそうバクチクギンヤ。この四人には、死んでも近づくなって言われてたもん！」

ジュンヤは伊丹の心情を気遣ってか、おどけてみせた。甲斐とはずっと一緒だった。幼稚園からずっと一緒だった。小学校二年になると富岡が他所の街から引っ越してきて、すぐにケンカになった。

それからずっと三人で遊ぶようになった。そんな日々から卒業できなくて、伊丹はヤクザになったのかもしれない。

永遠に続く日々だと思っていた。親と慕った三宅がカシラの松山の手下に殺されて、そのケジメに松山を殺した。それが警察に捲れるのが不安だということはない。三宅の盃を呑んだときから、そんなことは承知の上だった。でもまさかずっと一緒に育ってきた甲斐が富岡を殺し、伊丹が甲斐を撃ち殺す人生が待ち受けているなんて、冗談にしても笑えやしない。

「また、そんな顔して、あんま深く考えんほうがええって」

波の音を聞きながら、ジュンヤの言葉に頷いた。

「そうやな。おこがましいでな、こんな思いをしたなかったら、初めっからこんな人生にせなんだら良かってんもんな」

「うわっ。十三くん、それ死刑囚の最期の面会の言葉みたいになってんで～」

ジュンヤは全く動じていなかった。全てを受け入れているのだ。伊丹は実の弟のようにずっと接してきたジュンヤに励まされていることに、笑みが溢(こぼ)れた。

「そうやな、もう心配すんな。オレは代紋っていう鎖を外して、これからは修羅に生きる。もう絶対に振り返らん――」

「えらい肩に力入っとるやんけ～。男に海に誘われたんなんて初めてやど～」

振り返ると、赤い核弾頭。赤城がお供を一人連れて、ニヒルな笑みを浮かべている。

「あっ！　赤い核弾頭！」

言ったジュンヤが慌てて口元をおさえる。

「なんや兄ちゃん〜。お前、ワシのことを存じ上げてんのか？」

「はいっ！　赤い核弾頭が日本一だと存じ上げております！」

利かん気の強いあのジュンヤが、人に対して敬語を使っている姿を伊丹は初めてみた。

三宅と会わせた時ですら、ジュンヤは、

「オレ、じゅうぞうくんの言うことやったら聞けるけど、反社のおっちゃんから、子分みたいに言われても、言うことなんて聞かへんで」

と言ってのけ、三宅を豪快に笑わせてみせた。そのジュンヤが会った瞬間から、赤城には敬語を使っているのだ。それもおべんちゃらまでつけて。その光景が伊丹には、おかしくてならなかった。

「ギンヤ〜。お前みたいな中学から少年院に行ったことを武勇伝のように自慢してるだけのヤツと違って、この子なかなかしっかりした子やないか。兄ちゃん、大卒やろう？」

「いえ！　中卒です！」

首を振るジュンヤ。それを見て腕を組み、考えこんだ仕草の赤城。その後ろでは赤城にバレないように、やれやれといった表情の男、ギンヤ。

「最近の義務教育はよっぽどしっかりしとんねんの〜」

感心した顔つきの赤城の顔を見た。

「兄貴、こいつがジュンヤですよ」

ジュンヤの名前は、懲役のときに赤城に伝えていた。甲斐のことも富岡のことも。だが、その時も赤城は「お前は性根が据わってるのに、甘ちゃんなとこあるからの～」と、呟いたのみだった。

今となっては、伊丹にも赤城が言わんとした意味が理解できた。

「やろの～。おい、ギンヤ～二人で、コンビニ行って、缶ビールでもこうてこい。ハギのアホみたいにしみったれた発泡酒ちゃうど。ちゃんとスーパードライを買ってきたれよ～。それを写メ撮ってハギのＬＩＮＥに送りつけたれ。何十円削ってあんな発泡酒みたいなもん飲んでよ、ケッ、アイツはサラリーマンの小遣い制か～」

もうギンヤは今、来た砂浜を再び走り出している。ジュンヤが伊丹を見つめる。伊丹はこくりと頷いた。

「失礼しますっ！」

赤城に向かって頭を下げると、ジュンヤがギンヤの背を追いかけて走り出した。二人が砂浜から駐車場に入ったのを見て、伊丹は海に視線を戻し直した。

「結局、ヤントの叔父貴はプラチナなれずに、三宅の者は全員、木焼会に吸収されて、ヤントの叔父貴は除籍。本部長やってた高橋は音信不通で行方不明――」

「それは秀吉の仕事や〜。あいつはそういうところにうるさいからの〜」

浜辺に座り込み、海を眺めながら、興味なさげに吐き捨てた赤城の言葉に、伊丹は驚愕させられた。

「三宅の組長はハギのアホの客人や。それを中でハギが拾ってきたヅメとかいうのだけつけて、ガードしきれんかった。これじゃ、天空の顔が立たん。いくらお前が松山をゆわしてもな〜」

「兄貴……天空って、やっぱりすごい組織やな」

「まあの〜。ワシと先代の二人で作り上げた組織やからの〜」

赤城はそううそぶくと、腰を砂浜に下ろして片膝を立て、目を細めて伊丹を見上げた。

「じゅうぞう〜。言い慣れてようが、修羅に生きる肚やったら、死んでも山本のことを叔父貴なんて呼ぶな。そうやって常日頃から刻んでいけ。お前は修羅になるには優しすぎる。さっきのチビもや〜。もう今頃、山本は西宮港あたりに浮かんどんぞ〜」

伊丹は言葉を失った。

大川連合の総本部に手榴弾を放り込むと、電光石火の報復で三宅組本部にダンプが突っ込み、ハジキでガラスを割られ、大川連合と割って出た三宅組の抗争の火蓋が切られた。

三宅は三宅組若頭の松山にケンカの指揮を委ねると、萩原の自宅に伊丹を連れて、身体をかわした。そこを山本の指示の下、松山らの裏切りにより、三宅は松山の配下の者に襲撃されて、帰らぬ人となった。

「一旦はの～ハギのアホも秀吉もお前が松山のタマあげて、山本にエンコちぎらせてカタギならすいうことで、お前の顔立てて鞘に納めようとしたんや。それを反故にされた。ウチの二代目のおっさんはたぬきや。偉いのが出てきたら、平気で心にもないことを言いよる。でもたぬきや～」

ケジメは必ずつけるということだ。

赤城は伊丹に向けていた鋭い視線を、元に戻すと、「九月終わりの海も悪ないの～」と呟いた。

天空会は口だけではなく、たった一〇人で大川連合と本気で抗争するつもりだったのだ。

「兄貴、ご迷惑かけて申し訳ありませんでしたっ！」

伊丹が頭を下げると赤城は前方に視線を向けたままで、いつのまにか咥えたタバコに火をつけた。

「じゅうぞう～修羅になんてならんかてええ。好きなように生きんかい。好きな女ができたら抱けるように努力せえ。オカンにはたまに優しい言葉をかけたれ。それでどないもならんときは、ワシに言え～。組織どうとか、ワシには関係がない。ワシがどうにでもしたる」

「はい！　有難うございます！」

下げた目は涙で霞むように揺れている。

32

萩原は全神経を集中させていた。オレは生粋の博徒だ、博打打ちだ、オレの目に狂いはない――やかましいほどの騒音も萩原の耳には届かない。ゆっくりと三枚のメダルを指先で摑む。

「兄貴て！　そんな一回、一回、回すたびに瞑想したり、拝んだりしてたら陽が暮れるって！」

殺しだけが得意のバカな秀吉には、この領域を理解することなど不可能だ。その昔、博徒は博打だけで生計を立てていたのだ。自分は生粋の博打打ちだ。それに今日は、りつきとりくが泊まりに来る日だ。お菓子だって、存分に食べさせてやりたい。祈りながら、レバーを叩くかまいか、再び瞑想に入ろうとすると、横から秀吉の汚らわしい腕が伸びてきた。

「なにさらしてんねん！」

「兄貴とスロット来たら病気なるわ～」

秀吉の腕がレバーを叩く。怒鳴りつけてやろうとしたそのときだった。中央の眩い妖しげな光が、GOGOの文字を浮かび上がらせる。ビッグ確定のプレミアム演出。

「うおっ！」

「秀吉っ！！！　お、お前、ま、まさか、殺しだけやなくて、覇気まで使えるようになったんかいっ！」

「兄貴っ！　声でかいって！　サツがおったらどないすんねん！」

「心配すんな！　そのときはスロットで儲けた銭で、弁護士代でも保釈金でも全部、出したらーっ！！！」

「7が一回来ただけやのに、もう怖いわ～」

秀吉の声は、台から流れるBGMに呑み込まれていった。

換金所の小窓から差し出される数枚の札束たち。萩原は摑み取ると、指でゆっくり札を数える。

「兄貴～何してんねんな～早よいこや～」

秀吉が自転車置き場に並んでいる自転車にもたれかかりながら、呆れた表情で見ている。負け犬の遠吠(とおぼ)えとはこのことだ。

「秀吉、これ見てみ」

指先で数枚の札を動かしてみせた。

「見てみって、二万八〇〇〇円やろ。そりゃたまには勝つこともあるて」

「そうやない。ヤクザは今を生きとんねん。今日、朝から晩まで働いて、二万八〇〇〇円を手にする職人がどんだけいてる思うねん。オレは僅か二〇〇〇円の銭で、二万八〇〇〇円にしてみせてんぞっ」

「そやったら、兄貴、あぶく銭やん」

「当たり前やんけっ、塚口(つかぐち)いくぞ」

「おぅっ？　まさかの焼肉ランチか！」

何かで臨時収入が入ったときに、萩原と秀吉が行く焼肉屋だった。

「ヤクザやっとんねんぞ。チェーン店やコンビニばっかり行ってられるかいっ！　二五〇〇円の特上カルビ定食を食べさしたるから、秀吉、今日はお前、本家に泊まれよっ」

特上カルビ定食という言葉に頬を緩めた後、秀吉は思案する表情を作った。

「兄貴の家にかっ、なんで、ヅメがいてるやん……あっ！　りつきとりくのお泊まりの日か！」

「そうや、この銭で精力をつけたら、スーパー回ってたらふくホヤキを買い漁(あさ)りにいくぞっ。なんせ、りつきとりくはパワー全開でくるからの〜っ」

秀吉が萩原の顔を見ながら、柔らかな表情を浮かべると、VUITTONの長財布を取り出してパンパンと叩いてみせる。

「しゃあないの〜、明日はゲーセンに連れてって、今日はりつきとりくにとっておきの怖い話聞かせたるか～！　よっしゃ！　兄貴、車回してくるから、ここで待っててくれ！」

秀吉が嬉しそうに駆けていく。秀吉のゲーセンという言葉に、萩原は三宅のことを思い出していた。

「あのおっさんは極道やったの～」

晴れ渡る空を見上げて呟いた。


白塗りのレクサスの後部座席には、お菓子やジュース、それに発泡酒が無造作に詰め込まれたビニール袋が五袋置かれている。滅多に行かない焼肉屋で萩原と秀吉は昼を済ませると、スーパーやコンビニを回って、お菓子を買い漁った。

りつきとりくの喜ぶ顔が脳裏に浮かび上がる。

それを払拭（ふっしょく）するかのように、秀吉のiPhoneが鳴らされた。

「おう、拳か、どないしてん？　おう、いてんぞっ、ちょっと待てよ～。兄貴、なんか拳が電話代わって欲しいって――」

秀吉から差し出されたiPhoneを受け取り、耳にあてた。

「なんや？　枝の葉っぱの三下風情（さんしたふぜい）が本家の親分になんのようじゃっ」

――ご苦労様です！　あの～、お忙しいところ大変、申し上げにくいのですが……――。

電話の向こうの拳が言葉を言い淀ませた。

「要件を早よ言わんかいっ！　オレはお前らみたいななんかあったらすぐ暴排条例のせいにするその他大勢と違って、忙しいんじゃっ！」

――はいっ！　すいませんですっ！　兄さん、今日、兄さんの当番の日で、会長がたまには当番ぐらい入らんかっと……それからいつになったら会費を払うん――

萩原は一方的に拳の話を遮断すると、秀吉にiPhoneを差し出した。

「拳なんて？」

「知らん。間違い電話や、だいたいな島村の――」

今度は萩原のiPhoneが鳴り響く。ディスプレイの――ヅメ――の文字を確認すると、着信ボタンを叩いた。

「ヅメか、りつきとりくもう来たんかっ？」

――ご苦労様です……あいてててて！――

ヅメの声が途切れ、弾けるようなりくの声がiPhoneから飛び出してきた。

――パパいつになったらかえってくんねん！――

りくの後ろでは、橋爪の――りくあかんてっ！――と、いう声と、りつきの――りく！　やめえや！　パパはお仕事やねんで！――という声が聞こえてくる。

「秀吉！　りつきとりくの到着じゃっ！　飛ばしたらんかいっ！」

「あいよ！」

秀吉がアクセルペダルを踏み込み、白塗りのレクサスが速度を加速させていく。

33

静寂に包まれた独居房に、カンカンカンッと冷たい廊下を刻みつける刑務官の足音が聞こえてくる。

ようやく来やがった——。

三畳ひと間の独居房、萩原は心でつぶやくと、畳の上に安座して座る背筋をピンとはった。刑務官の足音が萩原の房の前で停止されると、房の扉が解除され、視界に三人の刑務官の姿が映る。萩原は小首を傾げた。真ん中のえらく老けた小さな刑務官に見覚えはない。目尻(めじり)を下げた初老で小柄な刑務官は、無駄な笑みを浮かべている。本能だろうか。なぜか、その笑みにゾクゾクとした恐怖がせりあがってくる。

「称呼番号氏名!」

懲罰房を管轄する第一統括が威厳に満ちた声を張り上げる。

「ゴーゴーゴー萩原や」

刑務所に入所してきた時に、萩原に与えられた称呼番号は五五五番。だが一度たりとも「ごひゃくごじゅうご番！　萩原紅です！」なんてことは口にしたことはなかった。

「懲罰の解罰を言い渡す！　解罰後は、所長殿どうぞっ！」

初老の刑務官が目尻を下げながら、ゴッホンと咳払いを打つと、ふぉふぉふぉふぉふぉっと笑い声をあげた。萩原の脳裏に疑問符が駆け回る。

所長だと!?　たかだか解罰の言い渡しで、何故、ツチノコ級に刑務所の中では姿を現さない所長が出てくるのだ——と呆気にとられていると、所長と呼ばれた初老の刑務官が腰を折り、グイッと萩原の目前スレスレまで、顔面を近づけた。

「フォフォフォフォフォフォフォ……死刑じゃっ！！！」

間髪入れず、萩原は突っ込んだ。

「なんでやねん～っっっ！！！！」

途端にシャッターが下りたかのように、視界が真っ暗闇に包まれる。萩原はぎゅっと目を瞑り、奥歯を噛みしめた。もう執行されてしまったのだろうか。ゆっくりと目をあける。天井から常夜灯が降り注いでいた。

萩原は、せんべい布団に横たわっていた身を起こし、額と首筋に浮かびあがった寝汗を手の甲で拭った。

「なんで、解罰の言い渡しで死刑なんて言い渡されなあかんのじゃ……びびらせやがって」

舌打ちを打ちながら、壁に貼られているカレンダーに目をやった。

【独居拘禁（処遇上）】

独居拘禁とは正式名称を処遇上と言い、刑務所の運営上、処遇が困難な懲役に与えられる受刑生活のことを意味する。独居拘禁の処遇を言い渡されると、昼夜を三畳ひと間の独居で、動くことなく、圧迫された状態で拘禁生活を送ることとなり、そのため昼夜独居という呼び方も使用されている。処遇状況も刑務所の中では最低ランクに位置付けられ、面会や手紙の発信回数も分類上、もっとも少ない最低限の扱いを受ける。室内にはテレビなどはなく、日中、工場へ配役され作業している懲役が、一九時から二一時まで視聴することのできるテレビの時間帯には、刑務所の教育がすこぶる悪いセンスを発揮させたラジオ番組のラインナップで視聴させせられることとなる。食事もＡＢＣランクの一番下となるＣ食——。

平らげたパン食のビニール袋や三角皿を食器口に乱雑に置くと、鉄扉の前にあぐらをかいて座り、頬杖をついた。満罰で軽屏禁最長の六〇日の無言劇は、長かった。六〇日も座れば、最低でも五日くらいは免罰をもらえそうなものなのだが、たったの一日の配慮もなかった。だが、過ぎたことはもうどうでも良い。腹立たしいのは、斉藤と静本だ。

あれは罰に座り、まだ一〇日目だっただろうか。

仮就寝に入り、布団を敷いて横になって暇を持て余していると、食器口が開け放たれた。首を伸ばせば、技官の木林が顔を覗かせた。

「おっ！　先生！　来るの遅いがな、水澤のオヤジもきくされへんし、なんのいや吉やねん！まあ、過ぎたことはかまへん。どうや、オレ、工場戻れそうか？」

「何をゆうてんねんっ。戻れるわけないやろが。ソフトボール大会で乱闘って前代未聞やどっ」

「アホかっ、あんなもん危険球やんけっ。シャバでやってみ、草本のクソ汚れなんて一発退場で罰金も取られてるところやぞ」

「危険球って、お前、スポンジボールやないかっ」

木林が黒縁メガネの奥の目を呆れさせている。

「でもなんで、水澤のオヤジはオレが事故落ちしたいうのに、一つも顔見せにこうへんねん。

まさかあのガキ、一丁前に拗ねてんとちゃうやろな。言うとけよ、もし工場に戻さんかったら、シャバ出て家族で買いもんでもしてるところを探し出して、不細工な嫁さんもまとめて家族で行進させるぞって～」

今度は木林がため息を吐いた。

「あのな、水澤先生は工場担当外されて、門番に回されたんや」

「なんでや、なんかあのおっさん、下手でも打ったんかいっ。あれはああ見えて、いけずなところあるけど、オレとは馬が合ってな、あれはあれでええ男やねんぞっ」

「全部、お前のせいやないかっ。どういう解釈しとんねん。あの前代未聞の乱闘で工場に残ったのたった三人やど、三人。お陰で作業成績も最下位やどっ。ワシもよう知らんけど、ほんまは責任を取らされて、堺の拘置所に飛ばされる予定やったんを八角先生が処遇部長に話つけて……なんとか門番でも大刑に、とどまることができたゆう話や。所長も大激怒しとったらしいど。萩原のやりたいようにさせたお前の責任やってな」

そんな話はどうでも良かった。それも水澤の運命だったのだ。

そんなことよりも、乱闘に参加せずに工場に残ったという三人だ。大リーグでも乱闘に参加しなかった選手は、球団からペナルティとして罰金が取られるという。塀の中でも、シャリ上げというペナルティを与えねばならない。

「そんな話はどうでもええ。それよりも残った三人て誰やねん？　もしかして、オレの舎のもんとちゃうやろな？」

「誰って、カミーっていうウソばっかりついてる外国人と、お前の舎弟の斉藤と静本やないか。あの二人が今、26工場を仕切って頑張って務めとるぞっ」

荻原が握りしめた拳は、ワナワナと震えていたのだった。

気がつくとカラあげが終わり、視察口の向こうに三人の刑務官たちが立っていた。

「称呼番号氏名——」

萩原は房の前に立つ、刑務官たちを睨みつけた。

「こらこらこらこらっ、待ったらんかいっ。普通、解罰の言い渡しのときは、解房してからとちゃうんかいっ。なんで免業日でもあるまいし、房をあけんのじゃ？……おのれらまさか……」

「称呼番号氏名——解罰後は処遇上を言い渡す、礼」

と言うが早いか、三人の刑務官たちは、そそくさと視界からフェードアウトしていく。

「くうらっ！！　待ったらんかいっ！　五年も無事故やったオレをたった一回、事故落ちしただけで、独居拘禁にするって、どういうことじゃ！　天空の赤いバラ、舐めとったら、暴動起こしてまうど、こらっ！！！」

高いコンクリート塀で遮られた刑務所の中に、萩原の怒声がいつまでも鳴り止(や)むことなく、響きわたった。

二代目天空会本部前に停められた白塗りのレクサスの助手席。萩原は電子タバコを咥えて窓を降ろした。冷気が頬を刺すように痛い。

「もう、今年も終わりやの〜」

電子タバコの煙を助手席から外に吐き出せば、運転席のドアが開けられ、寒さで身体をふるわせた秀吉が戻ってきた。

「さぶぅ〜今日は一段と寒いでんな、兄貴〜」

ハンドルを握るとチェンジレバーをドライブに入れ、秀吉がレクサスを発進させる。

「で、おっさん、なんてや？　どうせまたワシが呼んだらちゃんと中まで入って挨拶せんかいっ、とか小姑みたいなこと抜かしてたんやろがっ。ほんま器のちっさいヤツやでの〜」

「うん。それも言うてたで〜。ただ、またややこしい話もしてきよったわ」

ヤクザなんて所詮、ややこしい話がなくては生きてはいけない。秀吉の浮かない表情になった横顔をみながら、萩原は助手席の窓を閉めた。

「なんや、ややこしい話って。もしかして、おっさんも遂にオノレの立場が分かって、オレに代を譲りたいから引退させて欲しいとでも言うとんかいっ。しゃあない、ほんまやったら破門やけど、オレの温情で除籍にしたろ〜」

「全然ちゃうて、兄貴。それに子は親を破門にできへんて。そうやない。おっさんの愛人の店、あるやろう。あのキャバクラに今度は木焼のもんが昨日来て、今度から木焼に守り代を払えってゆうてきたらしいねん」

木焼組と言えば、今回バッティングしかけた大川連合の若頭のところだ。

「おもろそうな話やんけっ。良かったやんけっ。これでおっさんも出禁になって、あの豚女との気持ち悪い恋路も終わるやないか。ギンヤでも使ってあそこのキャバクラは反社会的店です、ってSNSにでも書き込ましたれや〜」

秀吉がハンドルを左に切り、レクサスが国道2号線へと入っていく。

「それはそれでおもろいけど、そうやないねん。その木焼のもんが名刺を置いていって、一丁前に兄貴のことご指名してきたらしいで〜。文句あったら萩原でもなんでも連れてきたれって。兄貴、草本って奴、知ってんの?」

前方の赤信号に合わせてレクサスがスピードを緩め、秀吉が萩原の顔を見た。

「草本っ……誰やねんねん、それ。オレは有名やからの〜向こうが勝手に知ってるだけ……あっ！！！」

「なになに、いきなり大声だして!?」

大阪刑務所のソフトボール大会。萩原の顔面にスポンジボールをぶつけた男。木焼組の草本だった。

「あのガキっだけは……舐めやがって……チンピラ風情が誰を呼び捨てにさらしとんねん」

「やっぱり知ってんのや。おっさんが豚女が店行くの怖がるから、今日にでも行って、その草本ゆうのを退治してこいやと」

萩原は舌打ちをした。

木焼組だろうがなんだろうが、草本を尼崎から放り出すことなど訳ないことだ。だが豚女のために、島村の言うことを聞くのは面白くない。

そもそも今回の大川連合の内部抗争は、成り行きとはいえ、発端は島村の愛人に三宅組の若頭だった松山が飼っていた半グレが島村の文句を言ったことが始まりだ。

「あの豚女、あれで何人が死んだ思っとんねん……あっ！　そうや」

苦々しげな表情を浮かべると、萩原の脳裏にハッと閃きが沸き起こる。

「どしたん兄貴。また、なんか悪そうな顔してんで～」

「ええこと思いついた。うってつけのがいてるやんけ。木焼ごときのどチンピラには、うちの準構成員で十分じゃ」

萩原はiPhoneを取り出し、──準構成員──と登録してある番号を叩いた。

──なんじゃい、こらっ、ハギっ！　オノレが気安くオレに直電してくるとは、オノレも偉なったもんやの、こらっ！──

バカである。どうやらまだ赤城は、刑務所ぼけの後遺症を患っているらしい。

「おう〜、ブラザー！　今日の夜は暇か？　なんかお前の放免祝いを島村のおっさんが、豚女のキャバクラでやりたいってゆうてるらしいど。なんや他の組織の人間らも呼んどるらしいどっ〜」

秀吉が額を左手で押さえるのを横目に見ながら、いつもは聞いてるだけで不愉快な赤城の声も、心地よく耳に届くのを感じていた。

これで明日にはまた赤城が揉め事を抱えて帰ってくるはずだ。島村の愛想尽きた顔が目に浮かび、萩原は口元を綻ばせた。

「だから、兄貴にこんな話を聞かせんのは嫌やってん」

秀吉がため息を漏らしながら、うんざりするような声を出したのだった。

本書は書き下ろしです。
また本書はフィクションであり、
実在の個人・団体等は一切関係ありません。

著者略歴

沖田臥竜（おきた・がりょう）
1976年生まれ。兵庫県尼崎市出身。2016年に小説家としてデビュー。以来、事件から政治、裏社会まで幅広いフィールドを題材に執筆活動を続ける。一方で、近年はドラマや映画の監修を手掛けるなど活躍の場を広げている。TVドラマ化された『ムショボケ』『インフォーマ』のほか、『死に体』『忘れな草』など多数の小説を発表。近著に『ムショぼけ２～陣内宗介まだボケてます～』『インフォーマ２　ヒット・アンド・アウェイ』がある。また「ヤンチャンWeb」にて連載中のコミック『ムショぼけ～懲役たちのレクイエム～』（作画・信長アキラ）の原作を担当。さらにマンガワンでも連載中の『インフォーマ』(作画・鯛噛　構成・山本晃司)で原作を担当している。

Kadokawa Haruki Corporation

沖田 臥竜

ブラザーズ

*

2024年3月8日第一刷発行

発行者 角川春樹
発行所 株式会社 角川春樹事務所
〒102-0074 東京都千代田区九段南2-1-30 イタリア文化会館ビル
電話03-3263-5881(営業) 03-3263-5247(編集)
印刷・製本 中央精版印刷株式会社

ISBN978-4-7584-1458-6 C0093
http://www.kadokawaharuki.co.jp/